十五夜草
小烏神社奇譚

篠　綾子

幻冬舎時代小説文庫

十五夜草

小鳥神社奇譚

十五夜草

小烏神社奇譚

目次

一章　忘れ草と山椒の木　7
二章　天海江戸帰府　50
三章　茅の輪くぐり　75
四章　屋梁落月　117
五章　萱草と紫苑　156
六章　将軍の鷹狩り　193
七章　神は真実を嘉《よみ》す　227
八章　十五夜の約束　261

一章　忘れ草と山椒の木

一

寛永《かんえい》十五（一六三八）年、初夏の朝方、医者で本草《ほんぞう》学者の立花泰山《たちばなたいざん》は、上野の小《こ》烏《がらす》神社の畑で薬草をいじっていた。

「泰山先生、見てください。十薬《じゅうやく》の花が咲きましたよ」

庭の端の方で元気に育っている十薬を指差しながら、玉水《たまみず》が明るい声を上げる。

先日、八尾《はちび》の妖狐《ようこ》と戦って大活躍し、気狐《きこ》から空狐《くうこ》になった玉水は、人間に化けた時の姿が一気に二、三歳ほども大きくなった。中身の方もそれなりに成長したものか、口の利き方も大人びてきたようだ。

「十薬の薬効は、花の咲いている頃が最も高い。もうそろそろ収穫した方がいいな。玉水も手伝ってくれ」

「はい」

玉水は元気よく返事をした。その明るい笑顔をじっと見つめながら、

「玉水よ。お前は今でも寂しくて、心もとない気持ちになるのか」

と、泰山は問うた。

「どうして、急にそんなことを？」

「いや、私たちが旅に出ている間、残されたお前は寂しさを抱えていた。私も旅先での暮らしに慣れ、炊事が億劫《おっくう》になっていた。そんな私たちの利害が一致して、私はここで厄介になっていたが、お前はもう大丈夫ではないかと思ってな」

「まさか、泰山先生。お家に帰ってしまわれるんですか」

玉水はたちまち表情を曇らせる。

「いつまでも居候《いそうろう》させてもらうわけにはいくまい。そろそろ、そういうことを考える時であろう」

「泰山先生がいらっしゃらなくなれば、寂しくなります」

玉水はしゅんと萎《しお》れて呟《つぶや》いた。寂しがり屋なところは変わっていない。玉水にそんな顔をされると、出ていく話を進めづらくなってしまう。と思っていたら、

「医者先生よ」

突然、泰山の脇の地面に白蛇が現れ、にゅっと鎌首をもたげてきた。小烏神社で暮らす付喪神《つくもがみ》の抜丸《ぬけまる》だ。

「ここを出ていくというのはまことか」

妙に威圧感のある物言いをしてくるから、「いや、その……」と戸惑っていたら、近くの庭木の枝からカラスが急降下してきた。

「どういうことだ、医者先生」

と、カラスの形《なり》をした付喪神の小烏丸が、まるで一大事のような物言いで訊《き》いてくる。

「いや。そろそろ家に帰ろうか、というだけの話なんだが」

困惑気味に言葉を返すと、

「どうして帰る必要がある」

と、小烏丸が言い出した。

「まったくだ。家へ帰れば、炊事も掃除もしなければなるまい。ここにいれば、玉水の世話を受けられるのだぞ」

と、抜丸も言う。

「その通りだが、いつまでも玉水の手をわずらわせるわけには……」

「私はまったくかまいません。むしろ、泰山先生のお世話をしたいんです」

玉水が泰山の目の前まで駆け寄ってきて訴えた。

「その気持ちはありがたいが、いつかは出ていかねばならないのだから」

「いっそ、ずっとここにいればよかろう」

小烏丸が何でもないことのように言った。

「いやいや、そうはいくまい。竜晴《りゅうせい》とていつかは所帯を持つだろうし……」

思わず口をついて出た一言に、小烏丸と抜丸、玉水は一瞬固まった。

「ど、どうした」

言ってはならぬことでも口走ったかと、泰山は恐るおそる尋ねた。

「医者先生は、竜晴が嫁を取ると思うか？」

小烏丸が何とも深刻な様子で訊いてくる。

「なぜ私に訊く。竜晴に訊けばいいだろう」

と、言葉を返すと、小烏丸と抜丸は顔を見合わせた。

「では、医者先生はどうなのだ。家へ帰るというのも、嫁をもらう心づもりがあってのことか」

　抜丸が話の方向を変えてきた。

「いや、残念ながらその見通しはまったくない。そもそも、ただ家へ帰ろうと思っただけなのに、どうしてそういう話になるのだ」

　泰山が付喪神たちの追及に及び腰になったところで、家宅の腰高障子がすうっと開いた。小烏神社の宮司にして、付喪神たちの主《あるじ》である賀茂《かも》竜晴が現れる。

「竜晴よ、助けてくれ」

　泰山がすがりつくような声を上げると、竜晴は「ふむ」と言いながら、付喪神たちと玉水を見た。すると、彼らは何事もなかったかのように、そそくさと元の場所へ戻っていく。玉水は十薬の茂みのある庭の端へ、抜丸は縁の下へ、小烏丸は庭木の枝へ――。

　静かになったところで、竜晴は縁側に座った。

「さて、お前は所帯を持ちたい人がいるのか」

　のっけからいきなり問うてくる。もう少し訊き方というものがあるだろうと思い

つつ、

「聞いていたのか」

と、泰山は渋い顔で問うた。

「勝手に聞こえてきた」

竜晴は涼しい顔で答える。

「だから、所帯を持つ云々《うんぬん》と家へ帰る話は、まったく別のことだ」

「それは聞いた。私が問うたのは、所帯を持ちたい人がいるかどうかだ」

「それは……いないわけでもないが」

竜晴に嘘は吐《つ》きたくないという気持ちから、泰山はそう言ってしまった。所帯を持ちたいと強く望むわけではないが、そうなれたらいいと思う人はいる。だが、その人の願う将来が、自分の望みと違っていることも知っていた。だから、泰山のこの想いは実現にはほど遠い。

「それが誰なのか、語るつもりはない。だから、お前も訊かないでくれ」

泰山は、竜晴が先の言葉を口にする前に言った。

「そうか。分かった」

竜晴は素直にうなずく。その約束を律儀に守り、その後は何も訊いてこないので、会話は途切れてしまった。想い人の名は明かしたくないが、それ以外の問いかけまで禁じたわけではないのだが……。

「その、私はその人の仕合《しあわ》せを願う気持ちの方が強いのだ。だから、どうしてもその人と所帯を持ちたいと思うわけではない」

沈黙がきまり悪くなり、泰山は自分からしゃべった。だが、相手の名を明かさずに、こんな話を聞かせても、竜晴とて「そうか」としか言いようがないだろう。これでは会話が続かない。何か別のことを話さなければ――と泰山が焦った時、

「その気持ちは分かる」

と、竜晴が言った。竜晴の顔は泰山に向けられていたが、眼差しはその先にある草むらに据えられていた。竜晴の眼差しを追った泰山は、そこに龍《りゅう》の髭《ひげ》を見出した。

あの遠い昔の世で、かつて小烏丸の主人であった平重盛《たいらのしげもり》に処方した薬草。その処方を望み、何とかして重盛を助けたいと願っていたのは、その異母妹の徳子《のりこ》であった。竜晴が徳子と思いがけず対面し、決して叶わぬ想いを抱いたことを、泰山は知っている。

竜晴が今、心に思い浮かべているのがその人であろうと想像はついた。だが、相手の心を推し量れば、それを口にするのは忍びない。

「まあ、所帯を持つ持たぬは別として、私がいつまでもここで暮らすわけにはいかぬと思うのだが……」

泰山は話を変えた。

「ふむ。お前が所帯を持つというのなら、ここを出ていかねばならぬのは分かる」

どういうつもりか、竜晴が話を蒸し返す。

「だから、所帯を持つ当てはないと言ったろう」

「話は最後まで聞け。お前にその当てがないのなら、ここにい続けることに障《さわ》りはあるまい。私にも、当てはないのだからな」

「そ、そういうことか」

泰山は納得してうなずきかけたが、「いや、それではいつまでも厄介者のままではないか」と慌てて言う。

「厄介者ではないだろう。お前は薬草畑の世話をしているし、皆の話し相手にもなってくれる」

「いや、だがな。前にも言ったが、この社《やしろ》は妙に居心地がいいのだ。よい気が集まっているからだろうが、うっかりすると離れたくなくなる。それに、玉水が炊事もしてくれるから楽もできる。これ以上、この暮らしに慣れてしまうと、元の暮らしに戻れなくなりそうで心配なのだ」

「その時こそ、嫁をもらえばよかろう」

「嫁をもらうまでここにいていいとなったら、いつまでも出ていけなくなるかもしれない」

「お前のもとには、そんなに嫁の来手《きて》がないと？」

真面目に訊いてくる竜晴に、余計なお世話だと言い返したくなったが、一瞬でその気持ちは失せた。もしかしたら、嫁の来手があるなしの問題ではなく、自分は生涯独り身を通すかもしれないのだ。黙っていたら、

「そうなのか」

と、竜晴が理解したというような声で言った。

「いや、違う」

泰山は慌てて押しかぶせた。

「そうではなく、昔、ある者から言われたことがあるのだ。お前は所帯を持たない方がいい、とな」

言ってから、目をそらした。つい口を滑らしてしまったが、これ以上突っ込んだ話はしたくない。だが、竜晴は相手の心の機微《きび》を読み取るのが得意ではない、というより、そもそも読み取ろうとしないから、さらに踏み込んでくる恐れもある。泰山は思わず構えてしまったが、

「まあ、お前が近いうちに所帯を持たないことは分かった」

と、竜晴は穏やかな声で言った。

「そして、私にもその当てはない。この先、お前がここにいることで不都合が生じたら、その時に対処すればよかろう。いずれにしても、玉水や小烏丸、抜丸たちはお前にしばらくいてほしいようだぞ」

竜晴が話をまとめると、玉水がぱっと振り返り、抜丸はもたげた鎌首を縁の下から突き出し、小烏丸がカアと鳴いた。

「泰山先生がいてくれることになって嬉しいです」

玉水がばたばたと駆け寄ってきてにこにこ言う。

「先生の番《つがい》が見つからなければ、私がずっと先生のお世話をしますよ」

竜晴との会話をどう理解したものか、玉水が相変わらずの笑顔で続けた。

「いや、そこまで世話になるつもりはない」

泰山は力なく首を横に振りながら答えた。「ところで、泰山先生」と玉水が話を変える。

「あちらに見慣れぬ草が生えていました。もう蕾《つぼみ》をつけているんですけど、昨日まではぜんぜん気がつかなくて」

玉水に手を引かれるまま、泰山は庭の端へ連れていかれた。竜晴も縁側から立ち上がり、あとに続く。

「この草です」

玉水から示された草花を見て、「萱草《かんぞう》か」と泰山は呟いた。夏の盛りに、百合のような形の、柑子《こうじ》色の花を咲かせる。蕾をつけるには、若干早い時節だが……。

いや、それよりも、萱草が生えていることに、泰山もまったく気づかなかった。

薬草畑ではない空き地にも、十薬や龍の髭、蓬《よもぎ》など、薬草として使える草は育っており、その類《たぐい》はおおよそ把握していた。どこかから種が飛んできて根付いたとしても、ここまで育つ間、まったく目に留まらないということがあるだろうか。

「忘れ草か」

いつしか泰山の傍らに立っていた竜晴が呟いた。萱草が忘れ草と呼ばれることは泰山も知っている。

「お前は、この草が庭に生えているのを知っていたか」

泰山の問いかけに、竜晴は「いや」と答えた。

「だが、この草花は近いうちに入用となるかもしれぬ」

竜晴の言葉はまるで予言のように聞こえた。

「そういう時に生えてくる草花だ」

竜晴は独り言のように呟く。どういうことかと問うことはできたが、泰山は訊かなかった。竜晴の横顔がいつになく深刻そうに見えたのと、竜晴が言う以上、実際にそうなると分かっていたからであった。

二

忘れ草の蕾を前に言葉を交わしてから間もなく、竜晴は客人の来る気配を察し、

「玉水よ」

と、声をかけた。

「客人をこちらへお連れしてくれ」

「分かりました」

玉水は何も訊かずに駆け出していく。竜晴が常ならぬ力で境内の異変を察知するのはいつものことなので、誰も驚かない。ややあってから、玉水は一人の侍を連れて戻ってきた。

「賀茂殿、朝も早くから申し訳ない」

客人は寛永寺《かんえいじ》の住職、天海大僧正《てんかいだいそうじょう》に仕える侍の田辺《たなべ》であった。

「何かあったのですか」

竜晴は挨拶《あいさつ》も省いて尋ねた。

今の寛永寺には天海がいない。徳川家康《とくがわいえやす》の命日である四月十七日に合わせ、日光《にっこう》東照宮《とうしょうぐう》へ出向いているのだ。ただし、公式の参拝ではなく、表向き、天海は江戸にいるものとされていた。

理由はいくつかある。

一つには、島原《しまばら》の乱《らん》が終結したばかりの不安定な情勢下で、人々に無用の不安を抱かせぬため。何といっても、寛永寺は江戸の鬼門を守る寺であり、天海はその住職なのである。

二つめには、今回の旅程には那須野《なすの》の殺生石《せつしょうせき》検分が含まれており、それを公にできぬためであった。つい先頃、江戸で八尾の妖狐が封印されたが、殺生石はその妖狐がかつて宿っていたとされる石だ。人を遣わして調べさせるだけでもよいが、呪力《じゅりょく》を持たぬ者の検分では不安が残るとのことで、天海が自ら出向くことになった。

その間、くれぐれも江戸を頼むと、竜晴は天海から言われている。また、寛永寺の留守を預かる者たちは、何かあったらすぐ竜晴に知らせるように、と命じられていた。

「実は、昨晩、恐ろしいことがありまして」

田辺は強張った表情で切り出した。

「寺の小僧たち数名が幽霊を見たと、騒いでおります。憑《つ》かれたり倒れたりした者はいないのですが、とにかく気味が悪いと脅《おび》えておりまして」

正面から出くわした者、後ろ姿を見ただけの者、障子に映る影を見ただけの者など、状況も場所も違っていたが、皆が口をそろえて言ったことには——。

「幽霊には首がなかった……とのこと」

田辺はいったん口をつぐんでから、ごくりと唾を呑み込んだ。

「ただし、幽霊の首が腹の辺りにあったと申す者もおりまして」

「それはつまり、幽霊が自分の首を抱えていたということですか」

淡々と問う竜晴に、田辺は緊張した面持ちでうなずいた。

「おそらくは——。その小僧は、男の首のようだったと申しております。体はそれほど大きくなかったとのこと」

首を切られた者の死霊が浄土へ渡れず、さすらっているという話のようだ。戦死して首を落とされた者か、あるいは、刑場で斬首された者か。

「大僧正さまご不在の折、寺の者たちは不安がっております。我ら護衛も幽霊にはまったく歯が立ちませぬゆえ、賀茂殿に一度足をお運びいただけますと、助かるのですが……」

田辺が竜晴の顔色をうかがうように言った。

「もちろん伺います。幽霊が境内へ踏み込めないよう結界を張りましょう。祓《はら》うことができればよいが、そのためには幽霊の素性と、なぜ寛永寺へ現れたのか、その理由が分からぬことには……」

最後は独り言のように呟いてから、竜晴は田辺に目を向けた。

「ところで、寛永寺には山椒《さんしょう》の木が植えられていますか」

「山椒ですか。確か、棘《とげ》のあるとかいう……」

田辺はすぐには答えが分からぬ様子で、考え込むような表情を浮かべている。

「棘は葉の付け根にあります。春先の若葉はさわやかな香りを含み、料理などに添えられることもありますが」

泰山が横から言い添えた。

「ああ、そうでしたな。筍《たけのこ》に添えられているのを見たことがあります。ですが、寛永寺の境内にはおそらく植わっていないでしょう。縁起がよくないと聞きますし、植わっていたら気づいたと思うので」

「縁起がよくない?」

そちらの話は聞いたことがなかったようで、泰山はきょとんとしている。

「ええ。家から金がなくなるとか……。まあ、商人《あきんど》でもあるまいし、寛永寺のご住職がさようなことを気になさったとは思えませんが」

田辺の話を聞いた泰山は、少し衝撃を受けたようであった。

「私の家には、父の代から山椒の木が植わっているが……」

庭木の枝にとまっていた小烏丸が「医者先生が貧乏から脱け出せないのは、山椒の木のせいだったのか」と感じ入った様子で鳴いた。もちろん田辺にはカラスの鳴き声としか聞こえないので、泰山は何とも言えぬ表情で口をつぐんでいる。

「山椒の木にまつわる迷信はともかく」

竜晴が話をまとめるように口を開いた。

「実は、彼《か》の木は厄除《やくよ》けになるのです。ゆえに、今の寛永寺の鬼門に植えられていないのなら、植えることをお勧めします。植え替えでなく、鬼門に一枝挿しておくだけでもけっこう。さらに効き目を強くするため、呪符《じゅふ》も用意しましょう」

「それは、ありがたいことです。寺の者たちも安堵《あんど》することでしょう」

田辺はほっとした様子で丁寧に頭を下げた。

「では、田辺殿は先にお戻りください。私は呪符と山椒を用意してから参ります。

今の話を寺の皆さまに伝え、安心させてあげてください」

「承知いたした」

田辺はただちに言い、急ぎ足で踵《きびす》を返した。

「さて、泰山」

竜晴が目を向けると、泰山は心得た様子でうなずいた。

「山椒の枝だな」

「うむ。お前の家の庭に生えているなら、それを一枝もらえるとありがたい」

「もちろんだ。すぐに行って持ってこよう」

泰山は今にも駆け出していきそうな様子で言った。

「待て、待て」

と、その時、小烏丸が羽音を立てて舞い降りてきた。

「医者先生が往復するのでは時がかかる。ここは我《われ》がひとっ飛びして、山椒の枝を咥《くわ》えてこようではないか」

小烏丸は自信満々に告げた。すると、縁の下から這い出てきた抜丸が、

「お前は山椒の木が分かっておるのか」

つけつけと言う。

「棘のある木と聞いた。分からぬわけがあるまい」

相変わらず小烏丸は自信たっぷりだが、抜丸はもはやその相手はせず、泰山の方へ鎌首をもたげると、

「医者先生よ。先生の家の庭木には、棘のある木は他にないのか」

と、訊いた。

「棘のある木というと、棗《なつめ》や枸杞《くこ》があるが。どちらも山椒に負けず劣らず、薬効の高い優れた木で……」

泰山の説明を最後まで聞かず、抜丸は小烏丸に目を戻す。

「聞いたか。お前が山椒と棗、枸杞の区別がつかず、間違った木の枝を咥えてくる見込みは高い。それ以前に、棘に引っかかれ、用を果たせないかもしれぬがな」

「何だと。まるで、お前は山椒の木を見極められるとでも言うようだな」

小烏丸が言い返した。

「分かるとも。山椒は葉も実も料理で使うからな。台所仕事を一度もしたことのないお前には分かるまい」

付喪神たちの言い争いが激しさを増してきた時、

「それでは、小烏丸には泰山についていってもらおう」

と、竜晴が言った。

「泰山は山椒の枝を小烏丸に渡してくれ。小烏丸はここへは寄らず、そのまま寛永寺を目指せ。そして、抜丸はいつものように私の供だ」

竜晴の言葉には逆らわず、付喪神たちは唯々諾々《いいだくだく》と従った。泰山も承知し、すぐに小烏丸と神社を去っていったので、その後、竜晴はいったん家の中へ戻って、魔除けの呪符の用意をした。

支度が調《ととの》うと、抜丸を人型にして、すぐに寛永寺へ向かう。

竜晴たちが寺に到着した時には、まだ小烏丸の気配はなかった。

「わざわざのお運び、痛み入る」

竜晴の来訪の理由を知っているらしく、門番はたいそう恐縮した態度である。すぐにいつもの道順で庫裏《くり》へ向かうと、

「賀茂さま！」

顔見知りの小僧が駆け出してきて、泣き出さんばかりの表情で竜晴を迎えた。

「ありがとうございます。大僧正さまがお留守の今、頼れるお方が他になく。いざという時には賀茂さまを頼るようにと、大僧正さまがくり返し言っておられたので」

「幽霊の話は聞きました。取り急ぎ、こちらの鬼門に新たな魔除けの呪《じゅ》を施し、対処しましょう。昨晩のようなことはなくなると思いますが……」

竜晴が説き聞かせると、小僧は少しずつ冷静さを取り戻していった。

「何人かの小僧さんが幽霊を見たと聞きましたが、あなたも？」

「はい、私も見ました。今、その者たちを一部屋に集めておりますので、話を聞いていただけますか」

さすがは天海に仕える小僧で、動じてはいても、やることの手際がいい。竜晴はいつも通される部屋とは別の客間へ案内された。

そこには、三人の小僧が蒼ざめた表情で一列に座っていた。案内役の小僧も含めてこの四人だけが幽霊を見たという。おおよそ十歳前後の少年たちで、幽霊を見た恐怖がいまだに顔に張り付いていた。

「それでは、幽霊と出くわした時のことを聞かせてください。ささいなことでも疎《おろそ》かにせず、できるだけくわしくお願いします」

竜晴が言うと、小僧たちは緊張した様子でうなずく。話しやすいよう車座に座り直してもらってから、竜晴は話を聞いていった。おおよそは田辺が話してくれた通りで、首を持った姿をはっきり見たのは正面から出くわした小僧のみ。それが、竜晴を案内した小僧だったのだが、

「男の首と聞きましたが、間違いありませんか」

と、竜晴が尋ねると、小僧は恐ろしげにうなずいた。

「吊《つ》り灯籠《どうろう》の明かりが照らしていましたから。初めは、この寺の者だと思ったのです。私と背丈が同じくらいに見えたので、見習いの小僧だろうと——」

「背丈が同じとは、首のない姿があなたと同じくらいだったということですね」

小僧は思い出すのも嫌だという様子で眉をひそめたが、「そうです」とうなずいた。

「その後、どうも妙だなと——。首がないことに気づくのとほぼ同時に、両手で抱えているのが人の頭だと分かりました。その目がじっと私を見ていたんです。声を上げようとしたのですが、喉がふさがったようになって。後のことは覚えていませ

ん。……気を失ってしまいましたので」

小僧は恥ずかしそうに下を向いて言う。その後、小僧は倒れているところを仲間に助けられ、気づいた時には、部屋の布団で横になっていたそうだ。

「幽霊の方は、声を出しませんでしたか」

「はい。特には何も聞いていません」

それは、他の小僧たちも同じであった。

「幽霊がこの寺で何をしようとしていたか、推し量ることはできますか」

竜晴がさらに問うと、小僧たちは首をかしげた。

「さあ、ただ、うろうろしているようにしか……」

おおよそはそのような返事であったが、庭越しに幽霊を見たと言う者は、

「何かを探しているように見えた気がします」

と、答えた。

「なるほど。物や人を探す亡霊はよく見られます。その類の霊は、目当てのものが見つからない限り、なかなか浄土へ渡れないものですが……」

「では、また、あの幽霊が現れるのでしょうか」

小僧たちの表情が恐怖にゆがむ。

「いえ、鬼門に魔除けの呪を施すので、ご安心ください。ちなみに、首を切られた人物などに心当たりはありませんか」

小僧たちは皆、いっせいに首を横に振った。

天海が建立した寛永寺はまだ新しく、古い寺でよく聞かれる不吉な言い伝えなどもない。土地自体にその手の謂《いわ》れがないか、念のため尋ねてみたが、そもそも、そんな場所に天海が寺を建てるはずもなかった。

小僧たちから聞くだけのことを聞いてしまうと、竜晴は寺の鬼門へ行くことを伝えた。いつもの案内役の小僧が先に立ち、境内の北東へ連れていってくれた。そこはただの空き地で、これという草木も植えられていない。おそらく天海は自らの力を恃《たの》み、呪符や呪物による魔除けは施していなかったのだろう。

「ご案内、感謝する。あとは私が一人で行いますので、あなたは庫裏へ戻っていてください」

竜晴は言い、小僧をその場から引き揚げさせた。小烏丸から山椒の枝を受け取る現場を見られぬためである。

その小烏丸は先ほどから寺の上空を旋回しながら、機をうかがっていた。

小僧の姿が見えなくなってから、竜晴が左腕を掲げると、小烏丸がまっしぐらに舞い降りてくる。嘴《くちばし》にしっかりと咥えられた山椒の枝を、竜晴は受け取った。

「下の方の葉と枝は、医者先生が取り除いてくれた」

さすがは泰山、小烏丸が口に咥える時、怪我をしないようにと配慮してくれたようだ。

受け取った山椒にはもう、木の芽《こめ》とも呼ばれる早春の頃のかぐわしさはない。だが、青々とした葉をつけた山椒は生き生きしていた。

小烏丸が地面へ飛び降りるのを待ってから、竜晴は用意してきた呪符を置き、印を結んだ。呪符は土の中に溶け込むように消えていく。それから、竜晴は山椒の枝をその上に挿し、呪を唱えた。

憤怒の相にて此方《こなた》を護《まも》り、災禍《わざわい》余さず粉砕す
ノウマクサンマンダ、バザラダン、センダマカロシャダ
ソワタヤ、ウンタラタ、カンマン

「これでこの寺に霊が現れることはあるまい。あとは……」

その先の言葉は口にしない。だが、小烏丸も抜丸も、竜晴がこの先、何を目論《もくろ》んでいるのか、尋ねてくることはなかった。

それから竜晴は庫裏へ戻って、小僧たちに魔除けの呪を施したことを知らせると、帰途に就いた。

三

その晩、竜晴が魔除けの呪を施した顚末《てんまつ》を聞いた泰山は、

「山椒の木がそういう役に立つなら、この神社の鬼門にも植えた方がいいのではないか」

と、言い出した。

「あ、山椒の木を植えると、金がなくなるのだったか」

きまり悪そうに泰山は続けたが、

「まあ、寺社において金のことは気にしなくていいだろう。それに、もともとこの社に金はない」

竜晴は淡々と言葉を返す。

「切ないことを言うなよ。まあ、食うに困らぬのであれば問題はないが……」

「しかし、山椒の木はこの社には植えないでほしい」

竜晴の言い分に、泰山は目を瞠《みは》った。

「どういうことだ。金のことは気にしていないのだろう」

「うむ。だが、山椒の木は魔を寄せ付けない。力を持たぬ霊などはそれで追い払われてしまうのだ」

「それはいいことだろう。何が問題なのだ」

「もちろん、私とて進んで魔を呼び寄せたいわけではない。だが、先に戦った鵺《ぬえ》や妖狐のような強い怪異は、山椒の木くらいを恐れはせぬ。つまり、山椒の木で追い払われるのは弱き霊。その手の霊は浄土へ渡ることができず、ここへ来ることもある」

「なるほど。つまり、お前はその手の弱き霊を救ってやりたいわけだな」

泰山の言葉に、竜晴は首をかしげた。

「はて。助けを求められれば、浄土へ渡る手伝いはしてやるが、そうでない霊まで救う義理はあるまい。それよりも、さような霊が人々を脅《おびや》かさぬよう、ここへ集めたいだけだ」

「なるほど、世間の人を守ろうとしてのことか。お前なりの思いやりということだな」

泰山は納得した様子で、うんうんとうなずいている。

思いやりという言葉が自分の心持ちにふさわしいかどうか、竜晴にはよく分からない。どちらかといえば、自らの務めを果たそうとしている、というのが最もしっくりくる。

だが、泰山の言葉を真っ向から打ち消す気にもなれず、竜晴は話を変えた。

「ところで、昨夜寛永寺に現れた幽霊が近いうちにここを訪ねてくる。早ければ今夜のうちにでも」

「何だと！」

泰山は腰を抜かさんばかりに驚いた。

「今の段階では、件《くだん》の霊が何のために寛永寺を訪ねたのかは分からぬ。大僧正さまが目当てだったのかもしれぬが、今夜は私が施した魔除けのせいで寛永寺の境内へは立ち入れまい。行き場を失くした霊はおそらく、あの呪を施した私のもとへ来るだろう」

「まさか、お前に報復でもしに来るというのか」

「報復か、あるいは頼みごとか、そこまでは分からぬ。恐ろしければ、お前は自分の部屋に引きこもっていればいい」

「いやいや、私だけ呑気に、部屋に引きこもっていられるはずがなかろう」

泰山は断固とした口ぶりで言った。

「私には霊と渡り合う力もある。お前に介抱してもらわねばならぬ事態にはならないと思うが……」

「お前に力があることも、私に何もできぬことも、よく分かっている。それでも、万一の時に備えてそばにいたいのだ」

泰山の真剣でまっすぐな眼差しに対し、竜晴は「そうか」とだけ呟いた。泰山が霊を前にした時、役に立つかと言われれば、立つと思うことはできない。

それでも、泰山がそばにいてくれることへの安心感はあった。先ほどから、一緒にいる付喪神たちや玉水も、泰山の言葉に異は唱えない。彼らもまた、泰山がいてくれることを心強く思うのだろう。

それから、小烏丸と抜丸は偵察のため部屋を出ていったが、ほどなくして小烏丸の鳴き声が部屋の中まで聞こえてきた。

「竜晴、来たようだぞ」

その声を聞き、竜晴と泰山、玉水はほぼ同時に立ち上がり、庭へと続く障子を開けた。

抜丸は縁側の前の地面で、鎌首をもたげていた。その傍らにすばやく小烏丸が舞い降りてくる。付喪神二柱が竜晴たちを守らんと立ちふさがるその前に、件の霊は立っていた。

「これは……ひどい」

泰山が痛ましげな声を出す。

聞いていたように、霊の体には首から上がなく、その両手は蒼白い首を抱えていた。腹の辺りに位置する首は、若い男の顔をしていた。

「おぬしは昨晩、寛永寺に現れ、寺の人々を脅かした霊か」

　竜晴が問うと、霊は「その通りだ」と答えた。胴体から切り離されてはいても、その目も口も生きていた頃のように動いている。

「今宵《こよい》もあちらへ向かったが、魔除けが施してあり、境内へ入れなかった。その魔除けに施されていた呪の残滓《ざんし》をたどってここへ来た。あなたがあの術を施した人か。どうして私の邪魔をする」

「確かに、術を施したのは私だ。おぬしが現れたことで、寺の人々が脅えていた。人々を脅かすことがおぬしの狙いではないと思うが、どうなのか」

「もちろん、人々を脅かそうなどと考えてはいない。だが、あの寺の主《ぬし》には言いたいことがある。我らが信ずる神を損ない、我らに神を捨てさせようとした。どうしてそこまでしなければならなかったのか、その考えを聞くために、私ははるばる東の地までやって来たのだ」

　体から切り離された首が語る異様さも、見続けていれば慣れてくる。

「神だと――？」

　霊の言い分に心を傾ける余裕ができたらしく、泰山が呟いた。

「今の言葉で、おぬしの正体ははっきりと分かった」

竜晴は相手の顔にじっと目を据え、静かに告げた。

「天草四郎《あまくさしろう》殿だな。洗礼名とやらは知らぬが」

「天草は土地の名だ。私は益田《ますだ》ふらんしすこという」

「そうか。島原で起きた反乱の統率者だったことは認めるのだな」

竜晴がさらに問うと、四郎は小さく息を吐き、言葉は口にしなかった。

「この若者が天草四郎……あの島原の乱の首領だというのか」

泰山が驚愕の声で呟く。

「そういえば、さらし首になったという話だったか。十八歳とも聞いたが、実感がなかった。そうか、これほどの若さで命を終えてしまったのだな」

泰山の声に四郎への哀れみが加わった。四郎の目が泰山に向けられたが、その眼差しが和らいだようには見えない。

「寛永寺の天海大僧正さまを訪ねてきたそうだが、大僧正さまは今、江戸にはおられぬ。しかし、お戻りになって対面したところで、おぬしの問いに対する答えは持っておられないだろう。確かに、大僧正さまの信ずる教えは、おぬしの信ずる神の教えと相容れるものではない。だが、大僧正さまが切支丹《きりしたん》を禁じたわけではない」

「切支丹を禁じたのは将軍であり、我らを虐げたのは将軍に従う大名だ。それは分かっている。だが、将軍に進んで助言をし、己の意に従わせた僧侶がいると聞いた。それこそが天海であろう」

四郎の声に刺々《とげとげ》しさが加わった。将軍や大名に対する怒り、そして天海への憎悪はかなり根深いもののようだ。

「大僧正さまが将軍に己の意を伝えることはある。だが、ご公儀の政《まつりごと》をどうこうする権力を持っておられるわけではない。おぬしが大僧正さまに何をするつもりか知らぬが、害するつもりであるなら、私はおぬしを祓わなければならぬ」

「今の私は死して魂となった身。そのせいか、あなたに私を祓う力があることは分かる」

「では、それと分かった上で問おう。今もおぬしは是が非でも大僧正さまに会おうとするのか」

竜晴は一歩足を踏み出して問うた。

付喪神たちが身構える。四郎は一歩も退《ひ》かなかった。

「私にはどうしても訊かねばならぬことがある。天海を害するかどうかはその答え次第だが、代わりにあなたが答えてくれてもいい。知っていることであれば、正直に答えてもらえるだろうか」

「私は一言主《ひとことぬし》を従えた賀茂氏の末裔《まつえい》だ。断じて偽りは口にせぬ」

「では、問おう。天海はあの乱のさなか、呪詛《じゅそ》を行ったのか」

「なぜ、そう思うのか」

「仲間の信徒たちが言っていた。裏切り者が出たのも、我が軍が敗れたのも、私が討たれたのも、すべて江戸で行われた呪詛のせいだと——」

「おぬし自身の死を口にするからには、呪詛の件を教えられたのは、死後のことなのか」

「その通りだ。あの戦いで、大勢の信徒が死してさまよう霊となり、彼らが私に教えてくれた」

震える声は口惜《くや》しさとやりきれなさが滲《にじ》んでいた。

「……そうか」

竜晴はうなずき、それからしっかりと四郎に目を据えて言った。

「大僧正さまは呪詛を行っておらぬ。行おうと考えていた時もあったが、私が反対した。最後はその意を汲《く》んでくださった」

四郎は無言であった。

「気落ちしているのか。はるばる江戸までやって来て、恨めしい相手にそれだけの理由のないことが分かって」

ややあってから、四郎は口を開いた。

「いや、すべては私の不徳のいたすところだ。私が悪いのだ。戦いに敗れたのも、人々が命を落としたのも、すべて私の力が足りないばかりに……」

胸の中に溜め込んだものを吐き出すように四郎は言う。

「四郎殿はまだ十八だろう」

その時、痛ましげに語りかけたのは泰山であった。

「何万という人々の先頭に立ち、彼らの命を預かって戦うには若すぎる。それほどの重荷をどうして一人で背負おうとする。四郎殿がすべての責めを負わねばならぬことはないはずだ」

「神が私をお選びになったのだ。私には信者たちを守る責務があった。それなのに、私はその務めを果たすことができず、神の期待にこたえられなかった……」

「その苦しさゆえに、あの世へ渡れず、今も苦しんでいるのか」

竜晴は穏やかに問うた。

「今なお、聞こえるのだ」

自らの手の中で、四郎の首は震えた。

「戦いで死んだ者たちの恨みの声が絶えず聞こえてくる。神を信じぬ暴虐の徒を決して許すな、神はたいそうお怒りだ、と——」

「了解した」

竜晴は静かに言うと、履物を履いて庭へ下りた。四郎の体がびくっと脅えたように動く。

「危害は加えぬ。どうかそのまま動かぬよう」

竜晴は四郎に告げると、振り返って玉水に目を向けた。

「忘れ草を摘んできてくれるか」

「かしこまりました」

玉水はすぐさま庭へ下りると、跳ねるような勢いで庭の隅へ走っていき、蕾のつ

いた忘れ草を勢いよく引っこ抜いた。根についた土を払ってから、竜晴のもとへと持ってくる。それを受け取ると、

「四郎殿」

竜晴は屈《かが》み込み、同じ目の高さになって呼びかけた。

「これは忘れ草という。季節にはやや早いが、蕾をつけたのはおぬしがここへ来るのを見越してのことであろう」

竜晴がそう言いながら、忘れ草を四郎の目の前に持っていくと、蕾がゆっくりと花開いていった。柑子色の花びらが居間から漏れたわずかな明かりでも鮮やかに見える。

「これは……」

四郎が驚いて息を呑んだ。

「おぬしのために花開いた。私が術を施したのではなく、この花がもともと持つ力のせいだ。ここは代々賀茂氏が宮司を務める社。入用なものは入用な時に顕現《けんげん》する」

「これを私にくれるというのか」

「これを手にすれば、おぬしを今苦しめている思い――すなわち、敵への憎悪、味方への猜疑《さいぎ》、我が身への嫌悪、果たせなかった願いへの未練、そうしたものを忘れることが叶う。すべての記憶を失くすのではなく、あの世へ渡るのを妨げている現世への思いを洗い流し、心を清めてくれるということだ」

「洗い流し、心を清めて……」

「さよう。おぬしの心から苦しみが消え去ったら、私があの世へ送って差し上げよう」

「信徒でもないあなたが、私を神の王国へ送ってくれるのか」

「いかなる神を信じていようとも、死した魂が行く場所は同じ。ただ、信じる教えによって見え方が違うというだけのこと」

「……そういうものなのか」

四郎の目はかすかに揺れている。

「だから、まっすぐに切支丹の教えを信じるおぬしには、神の王国とやらが見えるのであろう。案ずるにはおよばない」

竜晴が口を閉ざすと、四郎の目の揺らぎが消えた。竜晴を信じようという気持ちになりかけている。竜晴は忘れ草の花を四郎に差し出した。四郎が持ち抱えていた首から片手を離し、忘れ草へと伸ばしてくる。

四郎の手が忘れ草の茎をつかんだ。

その瞬間、忘れ草の花が輝き出し、四郎の体をも柑子色の光で包み込む。

「おお、これは奇跡か」

四郎の口から驚きの声が漏れた。蒼白かった顔に生き生きとした血の気が戻っている。

「何と……きれいな若者なのか」

思わず泰山が呟いたように、四郎の顔立ちはとても端整で美しかった。その上、聡明そうで、双眸《そうぼう》は知の光に満ちている。信徒たちが自らの指導者として仰ぎたいと考えるのもうなずける容姿であった。

「これで、私も神の御《み》もとへ――」

四郎の表情がかつてない喜びに満たされた。それを確かめ、竜晴は印を結び、呪を唱える準備に入る。

その時――。

――忘れることなど断じてならぬ。

――一人だけ忘れるなんて許さない。

陰々と響く声と共に、上空から重苦しく邪《よこしま》な気がのしかかってきた。

「うう……」

四郎の口から苦しげな声が漏れ、首が激しく揺れる。

「何者か」

竜晴は鋭く誰何《すいか》した。その時には、新たな来訪者たちが四郎を取り巻くように姿を見せていた。いずれの霊も蒼ざめた顔をし、体には激しい戦の傷跡がある。

――我らはふらんしすこ殿に従う者。ふらんしすこ殿には戦い続けてもらわねばならぬ。

――神の敵を断じて許すな。我らを虐げた者に天罰を。

現れたのはかつての仲間たちの死霊であろう。その数ざっと十。

死霊たちは四郎を取り巻き、威圧を加えているようだ。

「四郎殿を助けられないのか、竜晴」

泰山が駆け寄ってきて問うた。

「ここに集《つど》うは悪霊どもだ。彼らと一緒にまとめて祓うことならできる。だが、それは納得ずくで浄土へ渡すのとはまるで違うことだ」

竜晴の返答に、泰山は呻《うめ》くような声を漏らすと、それでは駄目だというように激しく首を横に振った。

——捨てなさい、その花を。

——それは邪悪な花。ふらんしすこ殿を惑わすものでございます。

死霊たちは四郎を苛《さいな》み、四郎の苦しみはいや増していく。そして、ついに——。

「うわあ！」

四郎は苦しみに耐え切れぬという様子で、手にした忘れ草の花を投げ捨ててしまった。その瞬間、四郎を包んでいた柑子色の光は失せた。地面に落ちた忘れ草の花は見る見るうちに萎れていく。

「許さぬ、許さぬぞ」

四郎の口から憎悪の言葉が漏れた。その両目は今や激しい怒りに燃えている。

「将軍も大名も僧侶も宮司も——我らが神の敵は一人として許すものか！」

四郎は竜晴に背を向けた。周りを死霊たちに囲まれ、遠ざかっていこうとする。

その時、竜晴は印を結ぶ動きに入っていた。だが――。

「待ってくれ、竜晴」

その腕に泰山が手をかける。

「四郎殿を悪霊として祓わないでくれ。あの心の美しい若者がそれではあまりに哀れではないか」

「………」

「四郎殿は大罪人などではなく犠牲者だ。お前だって分かっているだろう、竜晴」

竜晴が泰山の言葉を聞いている間に、四郎とその仲間の霊たちは消え去っていた。それが予測できなかったわけではない。分かった上で、自分は泰山の言葉に聞き入っていたのだと、竜晴は思った。

しようと思えば、彼らをすべて祓うことはできたものを――。それをしなかったのは竜晴自身の意思であり、泰山のせいにすることはできない。

霊たちの気配が社の中から消えたことは、泰山にも分かったのだろう。

「……すまない、竜晴。お前の仕事の邪魔をした」

泰山は頭を下げた。

「だが、間違ったことをしたとは思っているまい？」

竜晴のまっすぐな問いかけに、泰山はきまり悪そうな表情を浮かべつつ、「その通りだ」と認めた。

「ならば謝るな。私もこれを我が過《あやま》ちとする気はない」

「竜晴」

「四郎殿の生前のことは私の関与することではないが、救われたいと願う魂を救うのは我が務めだと心得ている」

竜晴は萎れた忘れ草の花を拾い上げると、静かな決意を込めて言った。

二章　天海江戸帰府

一

竜晴は地上を見下ろしていた。ということは、体が宙に浮いているのか。それとも、小烏丸のように羽を使って飛んでいるのか。

まずは自らの魄《はく》——魂の器としての体——がどうなっているかを確かめねばなるまい。だが、手足を動かそうにも思い通りにならず、体の一部を見ることもできなかった。

では、自分の魂は自分以外の何ものかに憑依《ひょうい》しているのか。たとえば、知らぬ間に、鳥に憑いてしまったとか。

あるいは、これは夢なのか。夢ならば、魂だけが上空をさすらい、地上を見下ろしていても不思議はない。

それ以上は推測のしようもなく、竜晴は続けて、眼下の景色に思考を向けた。すると、地上がどんどん近くなっていき、やがてはそこに集《つど》う人々の姿までもが見えるようになってきた。

（ふむ。私が考えただけで、それが実現する仕組みなのだな）

とすれば、ここは現実《うつつ》とは考えにくく、夢の中と見なすのが妥当だろう。

地上が近付くにつれ、ここが江戸でないことはすぐに明らかになった。

千代田の城に比べ、かなり小さな城が見え、その周辺を軍勢が埋め尽くしている。

（ここは戦場か。あの城を攻め落とそうと、相当な数の軍勢が集まっているようだが……）

見覚えのある光景ではなく、時と場所を特定する知識が今の竜晴にはない。

だが、縁もゆかりもない夢を自分が見ることはないと、竜晴には分っていた。

物事には必ず因果がある。

（私は天草四郎殿の亡霊と語らい、忘れ草を渡した。あの時、忘れ草が吸い取った四郎殿の記憶の残滓が、私に夢を見せているといったところか）

竜晴はさらに地上に近付き、やがて攻められている城内へと入っていった。肉体を持たぬ魂は屋根だろうと壁だろうと難なくすり抜けられる。

天草四郎を首領とする反乱軍は、原城《はらじょう》という城に立てこもり、最後は籠城戦になったという。ここはその城なのかと思いながら進んでいくと、やがて、大勢の集まる広間が見えてきた。何やら人々が昂奮気味に騒ぎ立てている。勢いだけは凄まじかったが、人々の顔色は悪く、皆やせ細っていた。

その中に、竜晴の知る顔があった。

小烏神社を訪ねてきた天草四郎である。無論、首は胴につながっており、他の者と同様、顔色はよくなかったが、凛《りん》とした佇《たたず》まいをしていた。

「こやつは裏切り者だ」

「我らの内情を敵軍に知らせていた」

「この矢文が証《あかし》だ。言い訳もできまい」

人々に囲まれる形で、男が一人跪《ひざまず》かされている。背を丸め、うなだれており、何を言われても顔を上げない。

「裏切り者は殺せ！」

やがて、断罪する側の男が叫んだ。

「そうだ」

「見せしめにしろ」

男たちの声が続く。その中から、

「ふらんしすこさま」

と、四郎に気づいて、呼びかける声が上がった。すると、騒ぎ立てていた声が消えていき、その場は静まり返った。跪く男以外は皆、四郎に目を向けている。

「断をお下しください。この山田右衛門作《やまだえもさく》は裏切り者。斬首に処すべきです」

「お待ちください。我々の敵は民を苦しめた領主と、信仰を妨げる公儀。山田殿が敵と内通していたにせよ、その言い分はしっかりと聞くべきです。しかし、今は戦いのさなかであり、我々にも余裕がない。ひとまずは山田殿を牢に入れ、処分については いずれ話し合うということでいかがですか」

四郎は年上の怒れる男たち相手に、丁寧な口調で説いていた。決して居丈高《いたけだか》な態度は見せず、卑屈になることもなく、言うべきことははっきりと口にしている。

周囲の男たちは四郎を立ててはいたが、威圧を加えようとする者もいた。戦場で昂《たかぶ》っている上、食糧が足りず気も立っているのだろう。そういう年上の男たちをなだめ、説得するのは、十八歳の若者にとって決して楽ではないはずだ。

四郎の言い分に対し、しぶしぶ口を閉じた男もいれば、なお食ってかかる者もいた。

「ここで厳しい処分を下さねば、裏切り者が増える恐れがありますぞ」

「その通りだ。裏切ってても殺されないと分かれば、いざという時、自分だけ助かろうと敵に通じる輩《やから》が出てくるかもしれん」

暗く淀んだ男たちの両眼は疑心暗鬼に満ちていた。

「あなた方は、仲間を信じることができないのですか」

四郎は声を張った。大声を出しているというわけでもないのに、その落ち着いた声はよく通る。四郎が口を開いた後は、男たちも静かになった。

「我々は切支丹です。神を信じるように、仲間を信じなければなりません。そして、過ちを犯した者に対しても慈悲はあるべきです」

「ふらんしすこさま、そうはおっしゃっても、今の我々の状態では……」

「かつて神の子はおっしゃった。右の頬を打たれたら、左の頬を差し出しなさい、と。汝《なんじ》の敵を慈しめ、と。裏切りに対して報復を行えば、さらなる憎しみが生まれ、次は我々が報復されるでしょう。報復に次ぐ報復、憎しみの地獄は尽きることがありません。それは、神の御心《みこころ》に大きく背く行いですよ」

諄々《じゅんじゅん》と諭す四郎の言葉に、もはや反論する者はいなかった。

「さあ、山田殿、お立ちなさい。あなたを牢へ連れていかねばなりません。私が参りましょう」

四郎は山田右衛門作の腕をつかんで立ち上がらせると、共に部屋をあとにした。男たちは不服そうな表情を浮かべていたが、四郎を追いかけてまで、その邪魔をしようとはしない。

右衛門作は立ち上がった後もうなだれていたが、

「ありがとう……ございます、ふらんしすこさま」

廊下を歩きながら、やがてぽつりと呟いた。

「何のことです。私はあなたを許したわけでも、許すよう皆に説いたわけでもありません」

「されど、こうして自ら牢へ連れていってくださるのは、人に任せたら、私が無事ではいられないと思うからでしょう」

右衛門作は顔を上げて訴えかけるように言い、再びうなだれてしまう。四郎は右衛門作の背を軽く撫でた。

「あなたは島原藩主、松倉《まつくら》さまに仕える絵師だった。旧主との間に断ち切れない絆《きずな》があったのかもしれない。あるいは、旧主から脅されたのかもしれない。ですが、どんな事情があったにせよ、あなたが自らの行いを悔い改めるのならば、神は必ずあなたを許してくださる。他の誰かに対してではなく、ただ神の御前で誠実であり続けてください」

懇々《こんこん》と説く四郎の言葉を、右衛門作はうなだれたまま聞いている。それから少して、二人の通り過ぎた廊下には、涙の落ちた跡があった。

やがて、城の奥深くにある牢に到着し、四郎は牢番を務める者に右衛門作を引き渡した。決して粗雑な扱いをしないように、食糧も皆と同じだけのものは与えるように、と指示をしている。

そうこうしているうちに、「ふらんしすこさまっ！」とその場に駆けつけてきた者がいた。

「た、大変です。一部の者たちが山田右衛門作の妻子を引きずり出して、見せしめだと乱暴を……」

慌てふためいたその声は右衛門作の耳に入ってしまった。右衛門作の口から獣のような怒号が漏れ、周囲の牢番たちによって取り押さえられている。

「すぐに行く」

四郎は知らせに来た男と共に引き返した。二人は城の外へと向かう。

いくつかある城の通用口のうちの一つ、北東側の出入り口の前の空き地に、十数名の男たちが集まっていた。彼らに取り囲まれているのは女二人。だが、彼女たちはすでに息絶えており、その首は胴から切り離されていた。

「何ということを――」

四郎の口から悲痛な叫び声が上がる。

「うあぁ！」

先ほどまでの落ち着いた指導者の顔ではなかった。限度を超えた悲嘆を受け止めきれず、心が壊れてしまった人の悲しい姿そのものであった。

竜晴が見ていた地上の景色は、そこで不意に閉ざされた。辺りは真っ暗な闇に包まれ、何も見えない。四郎たちの声も気配も掻き消えてしまった。

それでもなお、竜晴自身の足は地につかず、宙を浮遊する感覚は続いていた。不思議なことに、脅えや不快さはまったくない。それどころか、どこか懐かしい感覚さえあった。

夢が覚めるまでこのままかと思っていたら、やがて遠い彼方《かなた》に蒼白い光が見えた。初め点のようだったそれは次第に大きくなってくる。光が近付いてくるのか、竜晴が引き寄せられているのか、そこはあいまいだったが、やがてその光の正体は明らかになった。

「竜神……か」

青い鱗《うろこ》にかぎ爪のついた脚、体はこれまでに見たどんな妖《あやかし》よりも大きく、その長さは見当もつかない。竜晴に見えているのは頭とそれに近い部分だけで、尾ははるか遠く、見ることさえかなわなかった。

「おぬしはいつまで眠っておる」

竜は黄金色に輝く目を竜晴に据えて、いきなり問うてきた。

「眠って……？」

「我をいつまで待たせるつもりか」

竜は明らかに竜晴を知っているふうな口ぶりであった。まるで師が弟子をたしなめるようにも聞こえる。

「どういうことだ。私とそなたの間に、いったいどんな関わりが？」

竜晴は訊き返したが、竜からの返事はなかった。

蒼白い光は輝きを増していき、竜晴の目路《めじ》すら閉ざそうとしてくる。

「待て。待ってくれ」

懸命に声を放ったが、竜の姿はそのまぶしさゆえにやがて見えなくなった。

今の竜は何ものなのだ——と思った瞬間、竜晴は目を覚ました。

二

目覚めた時、竜晴の目に飛び込んできたのはいつもの部屋。

障子がうっすらと外の明かりを通しているので、夜明けの頃だと分かる。

小烏丸と抜丸、それに玉水が本来の狐の姿で休んでいた。気狐の頃はふつうの狐と同じ毛色だったが、空狐となった今は白金色の美しい毛並みである。その玉水は前足を折り、そこに顎を載せて寝入っているようだ。

「竜晴よ、目覚めたのか」

驚いたことに、小烏丸が声をかけてきた。ふだんは玉水や抜丸より目覚めの遅い小烏丸だが、今朝は早起きしたようである。

「めずらしいな」

と、竜晴が起き上がって呟くと、今度は抜丸がにゅうっと鎌首をもたげ、「竜晴さま」と声をかけてくる。

「夢を御覧になったのではありませんか」

抜丸はやや心配そうに尋ねてきた。

「もしや、私はうなされていたのか」

「いいえ。ただ、とてつもなく深いところへ心が沈んでいかれたように見えました」

「……そうか」

どうやら付喪神たちは、竜晴の眠りがいつもと違うことを察し、心配してくれていたようであった。

「夢を見たのはその通りだ」

竜晴はまだ眠っている玉水の邪魔にならぬよう部屋を出て、いつもの居間へ向かった。小烏丸と抜丸も静かについてくる。

「二つの夢を見た。双方の夢に関わりはなさそうだった」

竜晴はそう断り、おそらく天草四郎の過去と思われる一つめの夢と、竜の現れた二つめの夢について、覚えている限りのことを語った。

「四郎殿の夢は、忘れ草が吸い取った記憶の残滓が見せたものだろう。こちらについては理解も届く。しかし、竜の夢についてはまったく心当たりがない」

竜晴は最後にそう語って口を閉ざした。

小烏丸と抜丸が何か言うかと思ったが、二柱ともまったく口を開かなかった。

「お前たちは竜について心当たりがあるか」

さらに踏み込んで尋ねてみたが、小烏丸と抜丸は互いに顔を見合わせている。

「私に告げるのを躊躇《ためら》う事情でもあるのか」

「いえ、そうではありません。ただ、お話を聞く限り、その竜神は私どもより力の強い神と思われます。己より上位の神の意を忖度《そんたく》するのは、望ましいことではありません」

抜丸が答えた。

「なるほど」

その言い分には納得できる。小烏丸は何も言わなかった。

二柱がそれ以上語るつもりがなさそうなので、この話はそれで終わった。だが、付喪神たちが何かを隠している、少なくとも現時点で竜晴に言えぬ何かを胸に秘めている——その疑念は竜晴の中に残されることとなった。


江戸を留守にしていた天海が帰ってきたのは、その翌日のことである。前もって日取りを聞いていた竜晴は、小烏丸と抜丸を連れて寛永寺へ向かった。

「これは、賀茂さま。先日は大変お世話になりました」

案内役の小僧が庫裏の玄関で深々と頭を下げて挨拶する。

「その後、幽霊が現れることはありませんね」

知らせがないのは無事の証と分かっていたが、念のために竜晴は尋ねた。

「はい。魔除けをしていただいた日の夜からは、何もございません。すべては賀茂さまのお力によるもの。このことは大僧正さまにもしかとお伝えしてございます」

その後、小僧の案内で天海のもとへ通された竜晴は、天海からも深い感謝の言葉をかけられた。

「賀茂殿のお力添えで、当寺の者は無事を保つことができ申した。心よりありがたく思うておりますぞ」

「いえ、大僧正さまご不在の折、皆さまをお守りするのは私の務め。いずれにしましても、ご無事のお帰り、何よりでございます」

竜晴は天海への挨拶を述べた後、同席している伊勢貞衡《いせさだひら》に目を向けた。

「伊勢殿にはお変わりもなく」

「賀茂殿のご活躍については、大僧正さまよりお聞きいたしました。まったく頼もしい限りです」

貞衡は品のよい微笑を滲ませ、竜晴を称えた。

これまでも幾度となく怪異と戦ってきた貞衡に、竜晴は一度、付喪神たちの言葉が聞こえる術を施したことがある。しかし、泰山には効いたその術が、貞衡に対してはまったく効かなかった。そのため、貞衡は小烏丸や抜丸の声を聞けず、今のように人型になった姿も見ることができない。また、自身が飼っている鷹——実は弓矢の付喪神であるアサマの言葉も聞き取れないままだ。

「ところで、大僧正さま」

竜晴は再び天海に目を戻して言った。

「この寺に現れた霊が小烏神社に参りました。正体も分かっております」

「何と！　すぐに話をお聞かせくだされ」

天海はたちまち表情を険しくし、竜晴に求めた。そこで竜晴は、寛永寺に現れた幽霊が翌日小烏神社を訪れたこと、その当人が天草四郎と認めたこと、さらに四郎を浄土へ渡そうとした際、仲間の死霊たちが現れ、四郎を連れ去ったことなどを、順に語っていった。

「首の話を聞いて、もしやと思っていたが、やはり天草四郎の霊であったか」

天海は考え込むような表情を浮かべている。

「厄介なのは、四郎自身はこちらの声に耳を傾けるのに、仲間たちの声を聞くと、耳を貸さなくなることです。まるで正気を失くしたかのように——」

「確かに一筋縄ではいかぬであろう。それにしても、彼らはどうやって江戸へ入ってきたものか。結界を強引に破ったのであれば、我々が気づいたであろうに……」

「彼らが霊のまま江戸入りしようとすれば気づきもしたでしょうが、おそらくご公儀の討伐軍の誰ぞに憑いて入り込んだのでしょう」

「小癪《こしやく》な。して、彼らが江戸へ来たのは公儀への報復であろうか」

天海が不安と不快さの滲んだ声で言った。

「わざわざ江戸へ来た以上、そう考えるしかありますまい。ただし、四郎自身にその意向はないと私は見ました。仲間の霊たちが四郎を操って何とかしようとしています」

「つまり、仲間の霊たちは四郎なくして何事かを為すだけの力はないと――？」

「そこまでは断言できませんが、四郎自身は報復を望まず、あの世へ渡ることをよしとしていました。他の霊が来る前に四郎を浄土へ渡せなかったのは、私の失態でございます」

竜晴が頭を下げると、「いや、それは賀茂殿が責めを負うようなことではない」と天海は慌てて言った。

「では、今できるのは、四郎の行方を追うことであろうか」

続けられた天海の言葉に、竜晴は「はい」とうなずいた。

「四郎は一度小鳥神社を訪れていますし、我が社には魔除けの呪を施しておりませんので、入ってきやすいはずです。何とかもう一度、招き寄せることができればよいのですが……」

「それでは、その件は賀茂殿にお任せいたそう。拙僧にできることがあれば、申し出てくだされ」

天海に続き、「それがしもできることがあれば何でも」と貞衡も言い添えた。

こうして竜晴からの報告が終わると、続けて天海の方から那須野の様子が語られた。殺生石はなおも存在しており、近付いた虫や小さな獣の命を奪うほどの瘴気《しょうき》を放っていたそうだ。しかし、凄まじいほどの妖気は感じられなかったそうで、妖狐の封印は効を奏したと見てよいと、天海は述べた。

そうした話が一段落した後、

「実は、お二方にお知らせしたいことがございます」

と、貞衡が切り出した。

「近頃、同じ夢を見ることが重なっておりまして」

貞衡の言葉に、竜晴と天海は顔を見合わせた。昨年は鵺の跋扈《ばっこ》により、不眠と悪夢が江戸中に流行《はや》り、貞衡自身も苦しんだ過去を持つ。

「悪夢というわけではございませぬ」

竜晴と天海の不安を感じ取ったらしく、貞衡は慌てて付け加えた。

「むしろ、目覚めた後、嫌な気はまったくしないのです。ただ、毎回、同じことを言われるので……」

「どんなことを言われるのであろうか」

天海が問うと、

「『我が器よ。早《はよ》う参れ』という声が聞こえるのです。しかし、相手の姿はまったく見えません」

と、貞衡は答えた。

「器といえば、八尾の妖狐が伊勢殿のことを『将門《まさかど》の器』と呼んでいたはずです」

竜晴の言葉に、天海は深々とうなずいた。

「その言葉は拙僧も聞いた。無論、伊勢殿もしかと覚えておられよう」

「はい。ただ、夢では平将門公のお姿らしきものはまったく見えません。声だけでは、将門公かどうかは何とも……」

と、貞衡は困惑気味である。

「あれ以来、大手門《おおてもん》前の将門公の首塚には、気をつけておる。無論、留守の間もしかと見張るよう役人に伝えてあるし、異変があれば知らせてくれる手はずにもなっているが、特に知らせはない」

「私も大僧正さまがお留守の間、式神《しきがみ》に見張らせておりましたが、特に異変はありませんでした」

と、竜晴も答えた。

貞衡の夢は気になる話ではあったが、これ以上は話すべきこともない。とりあえず、夢を見続けるようならまた知らせると貞衡は約束し、天海は引き続き将門の首塚に留意するという。

(もしや、私の見た竜の夢は、伊勢殿の夢と関わるのだろうか)

今はまだ何のつながりも見えない。天海や貞衡に伝えたところで、二人も困惑するだけだろう。

竜晴は自らの夢の話については伏せたまま、その日は天海のもとを辞した。

三

天草四郎は城の大手門近くにある、平将門の首を祀《まつ》った塚へと出向いた。

昼の間は、この首塚を管理している寺社の者たちや見回りの侍たちが訪れて、絶えず人目にさらされていたが、さすがに夜は誰もいない。

何百年も昔、平将門という武将が朝廷に背いて、この東国に新しい国を建てようとしたことは、四郎も知っている。大勢の賛同者を得て、国造りも進んでいたが、京の朝廷からは敵と見なされ、朝敵と呼ばれる身になった。

やがて、将門は討たれ、その首は京にさらされたという。

「私も大名たちの軍に攻められ、殺され、首をさらされた」

四郎は呟いた。

将門と同じ末路である。

目指した世の形こそ違え、新しい国を造ろうとしたのも同じである。

四郎は領主の圧政に苦しめられぬ、神への信仰を妨げられぬ国に生きたかった。

だが、この悲しい末路をまったく予測していなかったかといえば違う。自分たちの言い分を認めてもらい、命が救われ、信仰も許されることは、まず難しいだろうと察していた。

しかし、あの時は、挙兵する以外の道はなかった。挙兵しなければ、多くの者が餓死するか病死していただろう。

挙兵することで、領主の圧政を訴える。信仰を禁じられても捨てられない者がいることを、為政者に知ってもらう。その結果、担ぎ上げられた自分の命が神に召されることになっても、世の中が少しでも変わるのならば、それでよい。そう思っていたというのに……。

結局、自分たちのしたことは何だったのだろう。

四郎は自分の命一つはあきらめていたものの、他の大勢の命は助けてもらえるだろうと考えていた。だが、それは甘かった。

立てこもっていた原城がいよいよ落ちそうになった時、敵軍は四郎たちを殺し尽くした。特に、四郎と同年代の若者たちは真っ先に狙われ、討たれていった。

あの時、四郎は「私が四郎だ。私を殺せ！」と大声で叫んだ。だから、せめて他の者の命は助けてほしい、と――。だが、戦場の混乱と昂奮のさなか、その声は敵兵の耳には届かなかった。少年と見れば襲いかかる彼らの姿は、血に飢えた獣にしか見えなかった。

大勢の貴い命が奪われたことへの罪悪感は、四郎の魂に深く刻み込まれた。この罪を拭った後でなければ、神の御もとへ赴くことなどできるはずがない。

そう思った時、周りから自分を激しく責め立てる声が聞こえてきた。

――その通り、すべてお前が悪い。

――報復せよ。神の敵に思い知らせてやれ。

四郎と同じく、死霊となった者たちの怒りに満ちた声。憎悪ゆえに神の御もとへ行けぬ霊たちが四郎にすがり、敵への報復を訴えてくる。

それは神の御心に背くことだ――生前、説いてきたように、死後も四郎は皆に訴えた。だが、もはや言葉は彼らの心に届かなかった。

――このままでは終われない。

――公儀に一矢報いてやらなければ気が済まない。

仲間たちの激しい憎悪に突き動かされるまま、四郎は彼らと共に、凱旋する討伐軍の侍に憑いて江戸へやって来た。

江戸へ入った頃にはもう、四郎は己の心を保つのが難しくなっていた。仲間たちの憎悪の言葉で心が黒く塗りつぶされると、もはや彼らの言いなりに動く人形であった。それでも、小鳥神社を訪ねた時までは、まだしも自分の意で動く力が残っていたのだが……。

あの時――苦しみを捨て、神の御もとへ行くことを願ったあの時、仲間の霊たちの激しい怒りを買った。彼らは決して四郎を許してくれなかった。

――あなたは我々の長だ。

――あの戦いで死んだ者たちの無念を忘れるなど、許されない。

再び心を怒りと憎悪で塗りつぶされた四郎は、仲間たちに引き回され、気がついたら将門の首塚の前にいた。

――塚を暴いて将門公のお力を借りれば、公儀を震え上がらせることができる。

――我らは同じ反逆者。必ずや力を貸してくださるだろう。

言われるがまま、四郎は塚の前に跪いた。

塚の上には大きな石が置かれており、その前には花が供えられていた。百合のような形をした柑子色の美しい花――それを目にした途端、自分が何をさせられそうになっているかを悟った。この国に眠る最強の怨霊とも呼ぶべき平将門の眠りを覚まし、その力を借りて自らの報復を果たさんとする仲間たちの怨念の深さをも――。

「いけない。この塚を暴くべきではない！」

四郎はかろうじて残る正気をかき集め、仲間たちに訴えた。

――ええい。それでもあなたは我々の長か。

――ならばよい。我々がやる。

四郎の説得は及ばなかった。暴走する仲間たちの霊はもはや四郎を立てようとはせず、四郎を抜きに、自分たちの憎悪を晴らさんとする。

仲間の霊たちが、将門の首塚の周りを囲み、一斉にその石に手をかけた。

ごおおっと轟音が耳をつんざき、突風に叩きつけられたような衝撃。四郎は「わっ！」と声を放って尻餅をついていた。何が起きたのか分からない。ただ轟音も衝撃も首塚の奥から湧き起こったものだとは分かった。首塚から少し離れていた自分でさえ、この衝撃なのだ。塚に手をかけていた仲間たちは……。

「痴《し》れ者どもめ！」

威厳に満ちた冷酷な声が頭に響いた。

「我が眠りを妨げた罪、思い知るがいい」

放たれた矢のごとく鋭い声に打たれた直後、仲間たちの気配がかき消えた。

時にその強引さに辟易《へきえき》させられることがあったにせよ、共に戦い、同じ神を信じる仲間たちの霊が、一瞬でこの世から消え失せたのだ。

「ぺいとろ殿、どうなさった。さんちょ殿、返事をしてくだされ。どうか！」

四郎の必死の呼びかけに答える声はない。四郎は首塚の前へ駆け寄った。塚の前に捧げられた柑子色の花が再び目に留まった。そう、これは忘れ草。苦しくてつらい思いを忘れさせてくれる花と聞いた。

「うわあー！」

四郎はその草をつかみ取るなり、天に向かって声を放った。もう何も覚えていたくない。すべて忘れさせてくれ——胸に浮かぶ思いはただそれのみであった。

三章　茅の輪くぐり

一

天海が江戸へ戻ってから少しして、暦は五月を迎えた。少しばかり鬱陶《うっとう》しい梅雨時――泰山曰《いわ》く「草木にとっては恵みの時節」が過ぎると、夏の盛りとなる。

その間、竜晴、天海、伊勢貞衡は互いに顔を合わせれば、江戸の異変や互いの身に起こった出来事を確かめ合った。貞衡は相変わらず、何ものかに呼びかけられる夢を見るという。

また、五月の初め頃、平将門の首塚に供えられていた忘れ草の花が、瓶《かめ》から抜き取られることがあった。ただ、塚そのものに異変はなく、野犬のしわざだろうという報告が天海のもとに上がってきたそうだ。

竜晴はといえば、竜の夢を見ることはあれ以来一度もなかった。また、天草四郎の霊が小烏神社を訪ねてくることもなく、その行方も皆目つかめぬままである。

そして六月になったある日の昼前。小烏神社に氏子の姉弟《きょうだい》、花枝《はなえ》と大輔《だいすけ》が現れた。

「竜晴さまあー、こんにちは」

大輔が庭先から元気のよい声を張り上げる。

「大輔さん、いらっしゃい。花枝さんもようこそ」

縁側で最初に出迎えたのは玉水だ。

「玉水ちゃん、こんにちは」

花枝が明るい笑顔を向けた。

姉弟は玉水の正体を知らない。だから、玉水が気狐から空狐に進化し、人間に化けた時の見た目が一気に——人間で言うところの二、三歳ほども急成長した姿を見て、仰天したのは無理もない。

この時、竜晴は「玉水はある方から預かったのですが、その方は人間《ひと》ではないのです」と二人に打ち明けた。これは嘘ではない。玉水を竜晴に預けたのは、穀物を司る神、宇迦御魂《うかのみたま》なのである。

その話を聞いた花枝と大輔は、人でない者を後見人とする玉水は人とは違った成長をする——ということを、そのまま受け容れたようであった。

——そうだったのね。

と、花枝は穏やかな微笑《ほほえ》みを玉水に向け、

——道理で、妙なところがあると思ってたんだよな。もしかして、男のくせに女の格好をしてるのも、その後見人さんの考えなのか。

と、大輔は独り合点をし、その後はもう何も言わなくなった。

「すぐに冷たいお水をお持ちします」

玉水は二人を竜晴のいる居間へ上げると、台所へ向かった。

「お二人ともいらっしゃい」

竜晴は二人に座るよう勧めた。

「相変わらずこの部屋は涼しいなあ」

大輔がにこにこしながら言う。これは、部屋の気が竜晴の呪力によって調えられ、外よりも暑さが和らげられているためであった。

「本当に、この心地よさを味わってしまうと、暑い季節は帰りたくなくなるから困ってしまいますわ」

花枝もにこやかに言う。そこへ玉水が水を持って現れた。この水も気を操る竜晴の力で、少しばかりふつうのものより冷たくなっている。

「あー、生き返る」

大輔は水をごくごくと飲んで、ふうっと息を吐いた。

「ところで、竜晴さま。今日は大事な用事で来たんだ」

大輔はいつになく真面目な顔つきで言う。花枝も手にしていた茶碗を置くと、居住まいを正した。

「もしや、大和屋《やまとや》さんに何か問題でも？」

大和屋とは、姉弟の父朔右衛門《さくえもん》が営む旅籠《はたご》のことである。鵺が江戸を襲った時は、大和屋も大変な目に遭い、竜晴が助けを求められたこともあった。

「そうじゃないよ。うちの旅籠は何ともないけど、お父《とっ》つぁんからの言伝《ことづて》を預かってきたんだ」

「大和屋さんからの――？」

「正しくは、父を含めた氏子の方々から、ということですが」

花枝が大輔の言葉を補うように口を挟む。だが、この日は大輔に話をさせるつもりらしく、それ以降は口をつぐんだ。

「ええと」

と、大輔は頭の中を整理するように呟いたが、それをごまかすように咳払いすると、先を続けた。

「今月の末日は夏越《なごし》の祓《はらえ》でしょ。その日、神社では茅《ち》の輪《わ》を作って、皆にそれをくぐってもらい、厄除けをする風習があるよね」

「うむ。茅の輪くぐりのことだな。今年も残すところあと半年、その歳月を大過なく過ごせるようにと、神に祈るものだ」

「うん。だけど、今まで小鳥神社で茅の輪を作ることはなかったよね」

「あれは作るのが大変だからな。人手を集められる社ならばともかく、うちは宮司一人だけの社ゆえ」

「ま、まあ、そうだよね。けど、今年は小鳥神社でも茅の輪を作ったらどうかって、氏子の皆が言ってるんだ。というのも、去年の後半はいろいろあったしさ。秋から冬にかけては体の調子を崩す人も多い。そういう災厄を祓ってもらいたいって、皆、思ってるんだよ」

「なるほど。確かに皆さんのお気持ちを考えたら、この社で茅の輪を飾るのもよいと思う。とはいえ、茅の輪を作る人手も金も……」

「そこは心配しないで。竜晴さまには負担をかけないからさ」

大輔はここが肝心要《かんじんかなめ》だというように、力強く言った。

「どういうことであろう」

「茅の輪を作るための人手も金も、氏子の皆で用意するってことだよ」

「氏子ではないけれど、ぜひ力をお貸ししたいという人もおられます。薬種問屋《やくしゅどんや》の三河屋《みかわや》さんをはじめ、宮司さまのお世話になった方たちですわ」

花枝が再び言い添えた。

「だから、竜晴さまはただ『やる』と言ってくれればいいだけ。いいよね、竜晴さま？」

「しかし、人がくぐれるだけの茅の輪を作るとなれば、かなり大変だが……」

竜晴は花枝と大輔の顔を交互に見ながら言った。

「それはご安心ください。茅《ちがや》は浅草辺りの農家から融通してもらえますし、その農家の方々が茅の輪を作ってくださるそうです。茅の輪を立たせるための枠組みは竹で作るのだとか。それらをこちらの神社へ運び入れ、本殿か拝殿の前で組み立てさせていただきたいと、父は言っておりました」

花枝は細かいことまで把握しており、すらすらと述べる。

「私は、何の役にも立てそうにないが……」

「いいんだよ。竜晴さまはただ作るのを許してくれれば」

「父も皆さまも、宮司さまにご恩返しをしたいのですわ。勝手に作らせてもらってご恩返しも何ですが、それでも、この社の格や評判を上げることになりますでしょう？」

大輔と花枝が口々に言う。

「そういうことでしたら、お願いいたしましょう」

竜晴が返事をすると、大輔と花枝は晴れやかな笑顔になった。

「じゃあ、茅の輪を作る皆さんが来られたら、麦湯や食べ物をお出ししなくちゃですね。私も頑張ります」

そばで話を聞いていた玉水が張り切った声で言った。

「その日は私もお手伝いさせていただくわ。よろしいですか、宮司さま？」

「こちらこそ、玉水を助けていただけると助かります」

竜晴が頭を下げると、「氏子として当たり前です」と花枝は朗らかに返した。

この話がまとまると、花枝と大輔は一仕事終えたという様子で、肩の力が抜けたようであった。その後は、いつものように雑談を交わしていたのだが、

「そういえば、先日、妙な話を聞いたのですけれど」

と、途中で思い出したように花枝が切り出した。

「夜の町に幽霊が出るんですって。作り話かもしれませんが……」

幽霊や怪異の話は聞き捨てにできない。花枝と大輔はこれまで竜晴の傍らで怪異に触れる機会があり、ふつうの人々よりは慣れている。

「何でも、首なし男の幽霊が徘徊《はいかい》しているというんです」

「首なしの男？　怖いな」

大輔は初耳だったらしく、少し驚いている。

「もしや、その幽霊は自分の首を手で持っているのではありませんか」

竜晴は真剣に訊き返した。

「その通りです。宮司さまのお耳には入っていたのですね」

花枝は、竜晴も話を知っていたと思ったようだが、江戸の町を徘徊する話は初めて聞いた。

さらにくわしいことを話してくれるように頼むと、花枝はうなずいて先を続けた。

「その幽霊は出会い頭に『私はだあれ？』と問いかけてくるそうです。逃げると追いかけてきて、『私のことを教えて』と付きまとうのだとか。『知らない』とはっきり答えると、あきらめてくれるそうですけれど」

おかしな幽霊ですよね——と、最後は笑い声で花枝は言った。確かに、姿の恐ろしさに比べれば、自分が何者か忘れている幽霊とは間抜けな話だ。そのせいか、花枝は作り話と考えているらしい。

だが、竜晴にはそれが天草四郎のことだと分かった。自分が何者か問いかける理由は謎だが、幽霊とて記憶を失くすことはある。

現に、竜晴は四郎に忘れ草を渡して、苦しい記憶を消してやろうとした。それは失敗に終わったので、あの時、記憶を失くしたということはないはずだが……。

「その話が本当なら、浄土へ渡る手助けをしたいところですが、どの辺りに出没するかお聞きですか」

竜晴は何げなく尋ねてみたが、花枝もそこまでは知らないと言う。

「夜の四つ過ぎに現れると聞きましたけど」

さらにくわしいことを聞いたら知らせると約束して、花枝と大輔は帰っていった。

「花枝さんが話していたのって、四郎さんのことですよね」

玉水が訊いてくる。その時には庭にいた小烏丸と抜丸が、客人たちの帰った居間へ入り込んできていた。付喪神たちは独自の力で今の会話を聞いていたらしく、話の中身はすっかり把握している。

「我ならば、上空から探せるが、江戸の町は広いからな」

以前、薬師四郎《やくししろう》という人間に化けた鵺を探した経験から、小烏丸が悩ましげに言う。ましてや、夜の町ともなれば、幽霊が提灯《ちょうちん》を持って動き回るとも思えず、ほぼ不可能であった。

「小烏丸は夜目が利かぬだろう」

「うむ。カラスに限らず、たいていの鳥は夜目が利かぬ」

「そうなると、アサマに頼んでも同じだな」

「獅子王《ししおう》さんとおいちちゃんはどうですか。前に、夜の町を見回りしていたと言っていましたよ」

と、玉水が言う。

女に化けた妖狐が男たちを襲っていた時、共に刀剣の付喪神である獅子王とおいちは、進んで江戸の町を夜回りしていた。襲われかけた泰山を間一髪で助けたこともある。犬と猫の形をしたこの二柱の付喪神たちならば、首尾よく天草四郎を見つけ出し、小烏神社まで案内してくれるかもしれない。

「獅子王とおいちに知らせるのなら、我が使いとなるぞ」

小烏丸がやる気を見せて言う。

「では、頼むとしよう。まずは、天草四郎の特徴と夜の四つ過ぎに現れることを伝えてくれ。その上で、出くわすことがあったら、小烏神社まで連れてきてほしいと——」

「分かった。すぐに伝えてくる」

小烏丸はきびきび言うと、縁側から飛び立っていった。そして、半刻ほどで戻ってきた時には、両名からの「承知した」という頼もしい返事をもたらしたのであった。

二

その後、竜晴は首を持つ幽霊徘徊の話を天海に報告し、獅子王とおいちによる探索の件も知らせておいた。天海は自分の方でも探ってみるという。

しかし、これという成果もないまま日は過ぎていき、花枝や大輔たちからも新しい話はもたらされなかった。

自分の正体を尋ねて回るという、幽霊らしからぬ言動のせいか、不出来な怪談と受け止められてしまったようだ。幽霊の正体が天草四郎だという話も出てこない。江戸の町人たちにとって島原の乱は遠い場所の出来事であり、反乱軍の首領の亡霊が江戸に現れる、との発想には至らなかったのだろう。

やがて六月も半ばを過ぎると、茅の輪の準備が始まった。大和屋をはじめとする氏子たちからの依頼を受け、茅が農家の者たちの手で境内に運び込まれる。茅は去年の秋に収穫したもので、茅葺きの屋根などにも使うらしい。それを拝殿前の空き地に運んでもらい、茅の輪作りもそこで行うことになった。

「茅の輪の完成までにどのくらいかかるものでしょうか」

茅を運んできた農夫に尋ねると、

「作るだけなら一日でどうにかなりますよ」

という返事である。茅を運び入れるのに二日、その翌日の二十五日に農家の若者たちが四人がかりで茅の輪を作り上げるとのこと。

当日は、花枝と大輔が手伝いに来る手はずで、朔右衛門も朝だけ顔を出して、農夫たちに挨拶してくれるそうだ。

「怪我人が出た時のため、私も当日はこちらに詰めていよう」

泰山も皆の役に立ちたいと、昼過ぎには往診を終わらせて帰ってくることを約束した。

「皆さんにお出しするのは、握り飯でいいでしょうか。それとも、酢飯を油揚げでくるむのがいいでしょうか」

玉水は舌なめずりしそうな様子で、花枝に問いかける。

「玉水ちゃんが大変でなければ、どっちも作って、お好きな方を召し上がっていただくのはどうかしら。どっちも食べたい人もいるでしょうし」

「そうですよね。私も両方大好きです」

息の合った玉水と花枝は、当日までの間、昼餉《ひるげ》や休憩時の軽食について、さかんに話し合っていた。

「あの氏子の娘が台所に入ってしまうと、私が玉水を指導できなくなるではないか」

花枝の手伝いに、不満の声を上げたのは抜丸である。

「まあ、当日はふつうの人が幾人も出入りするのだ。お前たちはあまり表に出ない方がよい」

竜晴がなだめ、付喪神たちは人間たちのお祭り騒ぎに加わることのできぬ身を嘆いたのであった。

六月二十五日は朝から気持ちよく晴れていた。茅を運び込んだ二日間も雨は降っていない。茅の輪作りにはありがたい晴天であるが、夏の陽射しはかなり強かった。炎天下での作業は大変なものとなるだろう。だが、

「今日はよろしくお願いします」

竜晴と朔右衛門が頭を下げると、四人の若い農夫たちは「任せといてください」と元気よく返事をした。皆、たいそう日焼けしていて、腕もたくましく、炎天下の仕事を当たり前と思うふうである。

「あとはよろしく頼んだよ。大輔は皆さんの邪魔をしないように」

朔右衛門は花枝と大輔に声をかけ、帰っていった。

花枝は玉水と一緒に台所で飯作り、大輔は農夫たちの手伝いをするのだと張り切っている。

竜晴は付喪神たちと同様、あまり役に立つことができそうにない。時折、農夫たちの作業場と台所を見て回るくらいであった。

小烏丸と抜丸は初め、カラスと白蛇の姿で茅の輪作りを見物していたが、近くの銀杏《いちょう》の木の枝にとまっていた小烏丸は「あのカラス、さっきから動かないよな」と農夫に指摘され、抜丸は「うわ、白蛇が出た」とうっかり見つかってしまったそうだ。

その後、困惑した様子で竜晴のもとへ現れた二柱は「人の姿に変えてくれ」と頼んできた。

「人型になって物などに触れ、人目につくのは厳禁だぞ」

人型の付喪神たちは人の目には見えないが、物などに触れることはできる。そのため、彼らが物を動かした場合、人の目には物が勝手に動いたふうに見え、気味悪がられてしまう恐れがあるのだ。

「そこは心配ない。うまくやる」

と、小烏丸は請け合った。

「医者先生が戻ったら、人前では私たちに気づかぬふりをするようお伝えください」

抜丸は抜かりなく言う。

その泰山は昼前に戻ってきて、しばらくは作業場近くに控えていたが、医者としての出番はなく、農夫たちの手伝いをするのも邪魔になるだけと気づいたらしい。

「お前と同様、私も何の役にも立たぬようだ」

泰山は居間に入ってくると、情けなさそうな表情で呟いた。

「私は初めから役に立たぬことが分かっていたし、さして気にしていない」

竜晴は本音を言った。

「お前はそうだろうとも。だが、私は気になるんだ。これも性分だろう」

それならば往診を早く切り上げたりせず、いつも通りに帰ってくればよかろうに
――抜丸がこの場にいれば言いそうな言葉が浮かんだものの、竜晴はそれを口にはしなかった。

「どうしても役に立ちたいなら、台所を手伝ったらどうか。見たところ、花枝殿と玉水は忙しくしていたようだ。私は運ぶことくらいしかできぬが、お前は台所仕事ができるだろう」

竜晴の出した案に、泰山はぱあっと表情を明るくした。

「それでは、手伝いを申し出てみよう」

泰山は声を弾ませて言い、台所へ向かった。戻ってこないので、そのまま手伝っているのだろう。

しばらくすると、昼餉用の握り飯と油揚げでくるんだ酢飯が出来上がり、竜晴は農夫たちと大輔を呼びに行った。

「俺たちはここで食べてもいいですよ」

と、農夫たちは言ったが、外では暑いだろうと家の中へ誘う。居間は竜晴が気を

操っているので、外よりはよほど快いはずだ。案の定、

「ここはずいぶん涼しいですねえ」

と、農夫たちは驚いていた。どうも妙だと思った者もいたようだが、気を操るという話を受け容れてもらえるだろうか。竜晴が迷っているうちに、

「竜晴さまのお住まいはいつも気持ちいいんだよ。神さまのご加護があるからなんだって」

と、大輔が言った。大輔は、竜晴が気を操ることを知っているが、初対面の人に分かってもらうのは難しいと考えたようだ。大人相手の気配りができるのも、ここ一年半でさまざまな経験を積んだからだろうかと、竜晴はひそかに思いめぐらす。

やがて、花枝と玉水が握り飯と酢飯を、泰山が麦湯を運んできた。麦湯は冷たいものが用意されている。

それからは、皆で賑やかな食事となった。

「この酢飯は抜群に美味《うま》いな」

農夫たちから褒められて、玉水は嬉しそうである。「今日だけは人前で飯を食いすぎるな」と抜丸から厳しく注意された玉水は、さすがに周囲の人々を見ながら、

食べる速さに注意しているようだ。

「こんなに美味い飯が作れるなら、俺のとこへ嫁さんに来てくれないかな」

軽口なのだろうが、玉水にそんなことを言い出す若者もいた。

「駄目ですよ。玉水ちゃんにお嫁入りはまだ早すぎます」

花枝がすかさず言い、大輔は急に噎《む》せた。

「何言ってんだよ、姉ちゃん。玉水は男の子だろ」

大輔が胸をどんどんと叩きながら言う。

「えっ、男の子？」

農夫たちが腰を抜かさんばかりに驚き、花枝は「あら、そうだったわ」と今さらのように呟く。

「分かっているんだけれど、一緒にいると、つい女の子としゃべっている気になっちゃうのよねえ」

花枝は玉水を見やりながら言い、玉水は「私はかまいません」とにこにこしている。

「いやいや、どっから見てもお嬢ちゃんにしか見えねえよ」

農夫たちはまじまじと玉水を見つめ、なおも信じがたいような表情を浮かべていた。

昼餉が終わると、農夫たちと大輔は再び茅の輪作りに戻っていき、残りの者で後片付けを行った。竜晴も皿や茶碗を運ぶ手伝いくらいはしたのだが、

「宮司さまと泰山先生はここまででけっこうです。あとはお任せください」

と、花枝から言われてしまった。

「次は昼八つ半くらいに餅菓子を出しますので、その準備をいたします」

花枝は玉水と顔を見合わせて言う。

「お餅と小豆《あずき》、それにお砂糖まで、花枝さんのお父さんが持ってきてくださったんです」

玉水が昂奮気味に告げた。米も餅も大好きな玉水だが、甘いものはふだん口にする機会がない。冬の頃、よく作っていた汁粉も、塩味を利かせたものだ。

「砂糖は患者さんに処方することがありますが、それなりに値の張るものでしょうに」

泰山が驚きの声を放った。

「はい。でも、外で働いている皆さんはお疲れでしょうし、そういう時は甘いものが体にいいそうですから」

「さすがは花枝殿。よく分かっておられる」

　泰山は感心したようであった。

「小豆と砂糖で餡《あん》を作ります。でも、砂糖には限りがあるので、水飴も使いますね。楽しみにしていてください」

　と、花枝から笑顔で言われ、竜晴は居間へ戻ろうとしたのだが、泰山は躊躇いがちに「花枝殿」と呼びかけた。

「私は餡作りをしたことはないが、手伝わせてもらってもよいだろうか」

「まあ、昼餉もお手伝いくださったのに、よろしいのですか」

「いや、昼餉の支度はろくに手伝えなかった。今度も役に立てるかどうかは分からぬが」

「とんでもない。お手伝いいただけるのならありがたいです」

　花枝は明るい表情で快く受けた。

「餡作りは玉水ちゃんもしたことがないそうですから、私がお教えしますね」

泰山が満足そうにうなずくのを見届け、竜晴は居間へ戻った。そこには小烏丸がいた。

「外の様子を見に行かないのか」

「うむ。初めは物珍しかったが飽きてきた。抜丸は何かあった時に医者先生に知らせなければならんと、あちらに留まっているが」

と、小烏丸は言う。その役目を抜丸と分担しようという気持ちはないらしい。

「ふむ。抜丸は真面目だからな」

「まったくだ。あやつがいなくても、人間どもがすぐに医者先生に知らせるだろう。我にしてみれば、無駄なことをしているとしか思えぬ」

抜丸をこき下ろした後で、小烏丸は「医者先生はどうした」と尋ねてきた。

「台所で餅菓子作りの手伝いをするそうだ」

「ふうん。医者先生も物好きだな」

小烏丸は淡々と評した。

「泰山が手伝いを申し出たのは、餅菓子作りに関心があったからではなかろう」

「では、何のためだ」

「花枝殿のそばにいたいから、だと思う」

小烏丸はごくりと唾を呑み込んだ。

「なぜ、医者先生は氏子の娘のそばにいたがるのだ？」

「それは、花枝殿を好いているからだろう」

「竜晴よ、お前にそれが分かるのか」

小烏丸が目をぱちくりさせながら問うてくる。

「そう言うところからすると、お前も気づいていたのだな」

「玉水に言われて知ったことだが、よく見ていると分かりやすかった」

「なるほど」

竜晴は呟き、口を閉ざした。しばらく沈黙が落ちた。

「竜晴よ。では、氏子の娘の医者先生への気持ちは分かるか」

ややあってから、小烏丸がおもむろに尋ねてきた。

「おそらく、泰山が花枝殿を想う気持ちと同じではないと思う」

「もう少し明快に言うがよい。竜晴らしくないぞ」

小烏丸が不満げに言う。

「そうだな。花枝殿は泰山を好ましく思っているが、慕ってはいない。私にはそう見える」

「その理由も分かるか」

「うむ。他に想う人がいるからだろう」

「そうか。それが誰かも分かるのか」

「……私であろうな」

竜晴は淡々と言った。きまり悪さや気恥ずかしさはまったく感じない。ただ、胸の底には静かな悲しみがあった。

「いつ知ったのだ」

「あの四百年ほど前の世から帰ってきた時だ。花枝殿は私を見て泣いていた」

「なるほど。医者先生に対してはそうでないと、分かるわけだ」

「今は分かる」

「そういう人の心の機微を分かるようになったのは、竜晴にもそういう相手がいるということか」

小烏丸の問いかけに、竜晴は無言を通した。

「我は、竜晴の気持ちを薄々だが察している」

竜晴の返事を待たず、小烏丸は続けた。

「四代《しだい》さまは兄姫《えひめ》を想っていた。だから、そのう、兄姫を想う男の気持ちは何となく分かるのだ」

小烏丸が四代と呼ぶのは、遠い昔、その主人だった平重盛のことであり、兄姫とはその異母妹である徳子のことだ。竜晴もまた時を超えた昔の世へ赴き、二人と出会い、関わりを持った。

そして知った、誰かを慕わしく想う気持ちと、想いが決して叶わぬ痛みとを――。

あの時、竜晴が生霊となった徳子を救ったことは小烏丸も知っている。とはいえ、付喪神の前で、胸の内を悟られるような真似をした覚えはない。訝《いぶか》しく思う竜晴の意を察したのか、小烏丸は言い訳じみた言葉を続けた。

「四代さまと兄姫はこの世で結ばれることを望んではいなかった。許される運命でもなかったしな。竜晴も同じだろう？　だから分かってしまったのだ」

小烏丸の言うことは正しい。竜晴とて、違う時代を生きる相手と結ばれることなど願ってはいない。徳子が重盛に対し、叶わぬ想いを抱いていることも知っていた。

知っていてなお——というより、その悲しい想いを抱きつつ、けなげに生きるあの方をこそ慕わしいと思ったのだ。

「四代さまは妻も持ったし、子も生《な》した。兄姫を想っていたのは事実だが、だからといって、妻子への想いが偽りだったとか、軽いものだったとは思わない」

「お前の言うことは分かる。私に何を望んでいるのかということも——」

「そうか。ならいいんだ」

小烏丸は安心したように呟いたが、「一つだけ訊いてもいいか」と付け足してきた。

「もしもこの先、竜晴の氏子の娘への気持ちが、医者先生のそれと同じものになってしまったら、竜晴はどうしたいのだ」

「不確かな話をするのは得意ではない。意図せずして、真実と異なることをしゃべってしまうかもしれぬ」

竜晴が言うと、

「話したくないならそれでいい。分からないならそう言ってくれても——」

小烏丸はそれまでになく優しい声で告げた。

「今の正直な気持ちを言えば、泰山が傷つく姿を見たくないと思う。それだけだ」

「そうか」

小烏丸はそれ以上何も言わず、居間の外へ出ていってしまった。

それから昼八つ半時になると、一同は再び居間へ集まり、花枝と玉水、泰山の作った餅菓子を食べた。「美味い、美味い」と言いながら、餡で包《くる》んだ餅菓子を頬張る農夫たちの笑顔に負けず劣らず、泰山の顔もまた晴れやかであった。

三

六月二十五日の一日で出来上がった茅の輪は、同じ日のうちに農夫たちが作った竹の枠組みに立てかけられ、完成した。当日までの間に雨が降ったらどうするのかと問うと、放っておけばいいと農夫たちは言う。茅はそもそも水を弾く性質を備えており、多少水を吸ったとしても平気らしい。

翌二十六日の夕方、小雨が降りはしたものの、すぐにやみ、その後は幸い晴天の日が続いている。

当日は氏子の人々ばかりでなく、伊勢貞衡や尾張《おわり》藩士の平岩弥五助《ひらいわやごすけ》も来ることになっていた。平岩からは猫のおいちを連れていくとの知らせをもらっていたが、貞衡は寛永寺で竜晴と会った時、

「アサマと一緒にお邪魔したいが、どう思われますか」

と、相談を持ちかけてきた。

貞衡は、アサマが鷹の姿をした付喪神だと知っているが、互いに意を交わせるわけではないので、勝手に決めてよいものかと悩んでいたようだ。

「アサマを空に放ってくだされば、勝手に社まで飛んでくると思いますが、伊勢殿と一緒の方がアサマも喜ぶでしょう。嫌がることはまずありません」

「では、アサマはそれがしが連れてまいろう。ついでに鷹匠《たかじょう》の三郎兵衛《さぶろべえ》も一緒でかまいませぬか。あの者も賀茂殿にご挨拶したいと申していたゆえ」

「もちろん、皆さんおそろいでお越しください」

こうして、アサマは貞衡と三郎兵衛に連れられ、神社へ来ることになった。

小烏神社でも、当日に向けて準備が進められていく。花枝は自ら、当日も玉水の手伝いをすると申し出てくれた。

「宮司さまにご縁のある方がご挨拶に見えるでしょうから、軽い飲み物の用意はあった方がよいでしょう」

冷たい麦湯に加え、泰山の勧めを受けて、体によい甘茶蔓茶《あまちゃづるちゃ》も用意することになった。

玉水も張り切っている。

「おいちちゃんが来るなら一緒に遊びたいけど、私はまず皆さんの接待役をちゃんと務めなくちゃ、ですよね」

以前なら、おいちと遊ぶことで頭がいっぱいだった玉水も、今は抜丸に指摘される前に、自分の役目に思いをいたすことができるようになった。

「無理はしなくていいぞ。飲み物を出す仕事なら、私も手伝ってやれるからな」

と、泰山が玉水に言う。

「医者先生は玉水をすぐ甘やかそうとするから、困ったものだ」

抜丸が溜息まじりに言い、泰山は苦笑いしていた。

そうして迎えた六月末日、朝いちばんにやって来た花枝と大輔をはじめ、小烏神社には続々と客人が訪れた。

紙商の娘のおきいや三味線の師匠のおくみなど、かつて憑かれた霊を竜晴に祓ってもらった者たちも久しぶりにやって来て、「その節は」と挨拶する。薬種問屋の三河屋からは、今年の春に祝言《しゅうげん》を上げた千吉《せんきち》とおちづの若夫婦が訪れ、二人仲良く茅の輪くぐりをしていった。

寛永寺からは天海本人は来なかったが、田辺と小僧たちが連れ立ってやって来た。

「こちらの社で茅の輪くぐりをさせていただければ、残る半年を無事に過ごせること間違いありませんから」

いつも案内役をしてくれる小僧は、竜晴に信頼のこもった口ぶりで言う。他の小僧たちはその言葉に大きくうなずいていた。彼らは天草四郎の霊と出くわしてしまった者たちで、厄祓いに対する真剣さが伝わってくる。

「大僧正さまもお越しになりたいと仰せでしたが、お立場上それもならず。今日は大僧正さまの代参のつもりで、茅の輪くぐりをさせていただきました」

小僧たちは合掌し、田辺と共に帰っていった。

伊勢貞衡の一行が現れたのは昼過ぎである。アサマ以外の連れも多く、三郎兵衛の他、奥女中で養女のお駒《こま》や若侍の牧田《まきた》までいた。

「皆、賀茂殿にご挨拶したいと供を願い出てきましたので」

と、貞衡が言い、皆がそれぞれに竜晴へ挨拶した。アサマは鷹匠である三郎兵衛の腕にとまって、初めはおとなしくしていたが、

「茅の輪くぐりなどは初めてだが、それがしもさせてもらえるのだろうか」

人間たちの挨拶が終わるのを待ちかねたように、昂奮した声で鳴いた。

「な、何だ。急に……」

三郎兵衛が驚いているのは、アサマを少々賢いくらいの鷹と考えているからだ。

「アサマも茅の輪くぐりをしたいようですね」

アサマの言葉を竜晴は貞衡に伝えた。

「そうか。では、さっそく茅の輪くぐりをさせてもらおう」

貞衡たちは竜晴への挨拶を先にしたとのことで、拝殿の方へ引き返していく。この時は竜晴も共に出向いた。

茅の輪くぐりをする人は順番を待って列を作っており、大輔が世話役としてその場にいたが、今待っているのは三人ほどである。竜晴が顔を知る氏子であったため、貞衡の立場を知らせ、先を譲ってもらうよう話をつけた。貞衡は礼を言ってそれを

受けたが、お駒や三郎兵衛たちは列の後ろに並ぶという。

「ならば、アサマをこちらへ」

貞衡はアサマを三郎兵衛の腕から自らの左腕へ飛び移らせた。

「我が主よ、かたじけない」

アサマが嬉しげな声で鳴く。

「喜んでおります」

竜晴が告げたが、「うむ。今のは言葉が分からなくても通じましたぞ」と貞衡は笑顔で受けた。

茅の輪くぐりには作法がある。まず左足から茅の輪をくぐって左回り、次に右足から茅の輪をくぐって右回り、もう一度左足から茅の輪をくぐって左回りをした後、正面に戻って一礼、最後に左足から茅の輪をくぐって拝殿へ向かうのだ。

その際、祓《はら》え詞《ことば》を唱える。

「祓え詞は『祓えたまえ、清めたまえ、守りたまえ、幸《さきわ》えたまえ』でよいのでしょうか」

貞衡が事前に尋ねてくる。

「はい。それでもかまいませんし、『水無月《みなづき》の夏越の祓する人は千歳《ちとせ》の命延《の》ぶとい
ふなり』の和歌を唱える流儀もございます。何分、我が社は今年始めたものですか
ら、特に決まりもございませんので」
竜晴の返事に、貞衡はそれならば「祓えたまえ」の方にしようと言い、アサマと
共に茅の輪をくぐり始めた。貞衡が祓え詞を唱えるのと同時に、アサマも同じ言葉
を口にしている。
これがなかなか鋭い鳴き声なので、傍《はた》で聞いている者には少し耳障りだ。
「あれほどやかましく鳴いていては、殿のお邪魔になるのでは……」
三郎兵衛などははらはらして、アサマを受け取った方がよいのではないかと言い
出したが、
「伊勢殿は落ち着いていらっしゃいます。茅の輪くぐりの最中で中断はしない方が
よいので」
と、竜晴は引き留めた。アサマが付喪神だと知っている貞衡はまったく動じてい
ない。
最後は拝殿へ進み、作法通りに参拝を終えた。

「宮司殿、かたじけない」

貞衡と共に戻ってきたアサマは、竜晴の前で再び鳴いた。その後、竜晴と貞衡、アサマは先に奥の家宅へ戻り、貞衡は玉水の準備した甘茶蔓茶で喉を潤しつつ、

「これは美味い」と驚いている。

「ところで、何者かに呼ばれる夢は今も御覧になっておられますか」

お駒たちを待つ間、竜晴は貞衡に尋ねた。

「毎晩というわけではありませんが、今も夢に見ます」

「夢の中身が変わったというようなことは？」

「特にはありませんな」

慣れてしまったのか、貞衡はあまり気にもしていないようで、

「こちらで夏越の祓をいたしたゆえ、大事ないでしょう」

と、晴れやかな様子である。

こうして貞衡の一行は茅の輪くぐりを無事に終えると帰っていき、入れ替わるように、平岩弥五助とおいちが現れた。

おいちはもう成猫なのだが、平岩は腕に抱きかかえている。再会の挨拶を交わし

た後、

「抱きかかえていては重くありませんか」

と、竜晴は尋ねてみた。

「いや、まあ、そうなのですが、どうも子猫の頃を知るせいか、外を歩かせるのは心配でしてな。屋敷の中は好きにさせているのですが……」

と、平岩は過保護気味なことを言う。

「ご主人さまはいちのことを、まだ子猫だと思ってるんですか？」

おいちが首をかしげながら問うた。もちろん、この声は平岩には理解できない。

「平岩殿がお疲れでないならよろしいのですが」

「何の。これでも剣で鍛えておりますから。おいちを抱えて歩くくらい何でもござらぬ」

平岩はにこにこと言った。

「あー、おいちちゃんだ。久しぶりだねえ」

玉水はおいちの来訪に大喜びだ。

「玉水さんは大きくなったんですね」

と、おいちはしげしげと玉水を見つめている。

「猫戯《ねこじゃ》らしが生えてきたからさあ。また遊ぼうよー」

玉水はおいちに会うと、少し子供に戻ってしまう。おいちはおいちで、今ではなかなか立派な付喪神になっていたが、猫戯らしを前にすると、そのとげとげとふさふさの誘惑には勝てないのか、にゃああと言葉にならないふやけた声で鳴いた。

「まあ、しばらくは庭で遊ばせてやりましょう」

ということで、玉水とおいちは竜晴と平岩が見守る中、庭を駆け回って遊び始めた。そのうち、拝殿前で列の整理をしていた大輔が慌てふためいた様子でやって来た。

「竜晴さま、何だかすごく立派そうな犬がやって来たよ。飼い主らしい人の姿は見えないんだけどさ」

そう報告しているうちにも、後ろから件の犬が現れる。太刀《たち》の付喪神、獅子王であった。

大輔は獅子王を見るのが初めてだったので、訳知り顔で神社に乗り込んできた犬に驚いたようだ。驚いたのは平岩も同じで、庭へ駆け出すなり「おいち、早く戻ってきなさい」と飼い猫を呼び寄せている。犬に襲われるのではないかと心配になったようだ。

「ご主人さま、大丈夫です。獅子王さんといちは仲良しですから」

と、おいちは説明しているが、もちろん平岩には伝わらない。

「おお、怖がらなくて大丈夫だ」

などと、慰められる始末であった。

「平岩殿も大輔殿もご安心を。こちらはとあるお屋敷で飼われている犬です。時折、ここにもやって来るので、私もよく存じていますが、とても賢い犬ですので、おいちを脅かしたりはいたしません」

「宮司殿の知る犬であったか」

と、平岩は少し安心したようであったが、おいちを放す気はなさそうだ。これを機に、平岩はおいちを抱いたまま拝殿へ向かい、一緒に茅の輪くぐりをした。

「では、それがしはこれにて」

平岩としては、おいちを犬と一緒にさせておきたくないらしい。にゃあ――と、おいちが鳴いた。「仕方ありません。今日はこれで帰ります」と小烏神社の面々に挨拶しているのだ。

おいちには天草四郎の探索を頼んでいるが、今のところは何の成果もないとのこと。引き続きよろしく頼むと竜晴は思念を送り、平岩とおいちを見送った。

一方、獅子王は飼い主もいないので、ゆっくりできるという。花枝や大輔たちのいない時を見計らい、竜晴は庭で獅子王の話を聞いた。

獅子王は今も夜の江戸の町を見回っており、時にはおいちと行を共にすることもあるそうだ。天草四郎のことも捜してくれていたが、見かけたことはないという。これからも夜回りは続けるというので、四郎を見かけたら案内してほしいと、改めて頼んだ後、

「今日はせっかくだから、おぬしも茅の輪くぐりをしていくとよい」

と、竜晴は獅子王に勧めた。

「ふむ。茅の輪くぐりをしたことはないが、作法を教えてもらいたい」

獅子王は竜晴からやり方を聞き出すと、人がいなくなる夕方まで待ち、悠々とした態度で茅の輪くぐりを行った。祓え詞を口にする際は、アサマ以上にやかましかったが、そばにいる人間は竜晴と泰山、花枝と大輔だけである。

「ちゃんと作法を守っていますのね。左足に右足、左足――なんて賢い犬なんでしょう」

花枝は驚いていたが、大輔は吠え声の大きさが気になるらしく、

「何か、怒ってるんじゃないか。いきなり茅の輪に噛みついたりしないかな」

と、少し心配そうにしていた。

「そんなことはしない。しかるべきお屋敷で飼われている犬だからな」

竜晴の言葉に少しは安心したようだが、獅子王は「人間の少年を脅かすのは我輩《わがはい》の本意ではない」と言い、参拝を終えると速やかに帰っていった。

こうして客という客がすべて帰ってしまうと、いよいよ竜晴たちが茅の輪くぐりをすることになる。

「では、まず花枝殿と大輔殿からどうぞ」

竜晴は二人に勧めた。

「いや、宮司の竜晴さまからだろ」

と、大輔は竜晴に先を譲ろうとする。

「私は最後でいい」

竜晴が言うと、大輔は少し迷うような表情を見せた後、

「それじゃあさ、玉水、一緒に茅の輪くぐりしようぜ」

と、なぜか玉水を誘った。

「え、あ、はい」

花枝から誘われるならともかく、大輔から誘われるのは意外だったようで、少し戸惑っていたものの、玉水は嬉しそうに返事をしている。

「たまにはいいだろ。男同士ってのもさ」

そんなことを言いながら、大輔と玉水は二人並んで茅の輪くぐりを始めた。大輔は何人もの茅の輪くぐりを見てきたから、その作法にそつはない。玉水も稲荷神に仕える身であるから作法はしっかり身についており、滞りなく参拝を終えた。

「では、花枝殿、どうぞ」

竜晴は花枝に勧めた後、泰山に目を向けた。

「お一人より誰かと一緒の方がいいでしょう。泰山が付き添って差し上げたらどうか」

「いや、私はこの社に居候させてもらっている身なのだから、お前より先というの

も……」

　泰山は気後れしている。

「それでは、宮司さまと泰山先生、お二人ともご一緒に参拝してくださいませんか」

　花枝が明るい声で言う。

「こんなに大きな茅の輪を作っていただいたのですもの。三人一緒にくぐることだってできますわ」

「そうだな。確かに大人三人でも障りあるまい」

　泰山もなぜか明るく弾む声で言った。泰山の想いが少しでも報われるのならば——との竜晴の考えであったが、花枝と二人でくぐるより、三人でくぐる方が嬉しいらしい。

「お二方がそれでよいと言うのなら」

「もちろんいいに決まっていますわ」

「三人がいいんだ」

　花枝と泰山が力をこめて言う。

竜晴は承知し、三人はそろって茅の輪をくぐった。

「祓えたまえ、清めたまえ、守りたまえ、幸えたまえ」

泰山の身に、花枝と大輔の身に、付喪神たちの身に、玉水の身に——災厄が降りかからぬようにと心からの祈りを捧げる。

参拝を終えた時、傍らに立つ泰山と花枝の横顔はどちらも満ち足りているように見えた。

四章　屋梁落月

一

思い出深い夏越の祓を経て、暦は七月を迎えた。秋の気配を感じられるようになった。その三日目の朝のこと。

「大変だ、竜晴。医者先生が薬箱を忘れていったぞ」

泰山が出かけていってすぐ、小烏丸が騒ぎ出した。見れば、確かに泰山の部屋に薬箱が置かれたままである。

「どうしましょう。私が追いかけて、お届けした方がいいのでしょうか」

玉水があたふたし始めた。

「まったく、医者ともあろう者が薬箱を置き忘れるとは、怪《け》しからん。医者先生はどうしてこうも気がたるんでしまったのか」

嘆かわしげに、抜丸が溜息を吐き、

「医者先生は昨晩、庭の花を物色していたぞ。あの時、忘れ草にやられたのではないか」

小烏丸がさも大発見でもしたような口ぶりで言う。

「いや、この社に忘れ草はもう生えていない。この前、天草四郎の霊に使って以来はな」

竜晴は告げ、少し落ち着くようにと皆に伝えた。

「いくら何でも、泰山が薬箱を忘れて往診に出向くことはあるまい。おそらく、往診以外の用向きで出たのだと思うぞ」

「しかし、あの医者先生に、往診以外の用向きなどあるだろうか」

小烏丸は疑わしそうである。

「花を物色していたのなら、花が関わっているのであろう」

と、抜丸。

「お花をどなたかに贈ろうとお考えだったんですよ。私も昔、美しいお花や紅葉《もみじ》はすべて姫さまにお捧げいたしました」

玉水はどことなくうっとりした口ぶりで言う。

「何だと。医者先生は誰に花を捧げるつもりなんだ」

抜丸が玉水を問い詰めるように訊いた。

「さあ、花枝さんでしょうか」

「なぬ？」

抜丸が少なからぬ動揺を示し、小烏丸と顔を見合わせる。

「い、いや。あの医者先生が女に花を捧げるとは、あまり思えぬが」

小烏丸はいつになくしどろもどろになって言う。

「えー、そうですかあ？」

玉水は無邪気な表情で、小烏丸の言葉をひっくり返した。

「女の人は花をもらえば嬉しいものですし、それが分かっている男の人はそうすると思いますけど」

「ふむ。人の女に化けて暮らした玉水が言うのなら、そうなのだろう。だが、泰山がその手の女心にくわしいようには、私には思えぬ」

竜晴の言葉に、玉水は「そうですねえ」と今度は賛同を示した。

「どちらかといえば、鈍い側に入る殿方かもしれません」

「泰山が花を物色していた理由も、どこへ何をしに行ったのかも、帰ってから訊けば済む話だ。落ち着いて、帰りを待とうではないか」

竜晴が話をまとめると、とりあえず誰もがその通りだと思ったようで、その場はいったん静かになった。とはいえ、付喪神たちと玉水のそわそわした様子は続いていたが……。

そして時刻が正午を回った頃、泰山は帰ってきた。いつもの往診よりだいぶ早い帰宅であったが、付喪神たちと玉水が色めき立ったのは無理もない。

「医者先生よ、今日はどこへ行ったのだ」

「薬箱を置き忘れて往診へ行ったわけではあるまい」

「泰山先生、お花を探していたんですよね。誰に差し上げたんですか」

泰山が庭へ足を踏み入れた途端、三者は先を争うように跳びついた。

「竜晴よ、これはいったい、どういうことだ」

泰山から助けを求められ、竜晴は縁側に出た。

「皆は自分の知らぬところで、お前が何をしてきたか、気になってたまらぬらしい。

今日は何をしてきたのか、答えてやるといい」

「何って、墓参りだが……」

「墓参り——？」

付喪神たちと玉水が異口同音《いくどうおん》に言う。誰にとっても予想外の返事であった。

「ああ。その前に家へ寄り、片付けやら何やらして、墓へ出向くのが遅くなってしまったがな」

「墓参りとは、誰の墓だ」

小烏丸が問う。

「私の父の墓だが……。今日が命日だからな」

「そういうことだったのか」

抜丸が少ししんみりした声で呟いた。

「それじゃあ、泰山先生がお花を探していたのって？」

「ああ。墓に供える花をと思ったんだ。実は、手ごろな花で間に合わせようと、物ぐさな考えでいたんだが、今朝になって思い直した。それで家に帰り、早咲きの紫《し》苑《おん》の花を伐《き》ってから出かけた」

「どうして紫苑の花なんですか」

玉水が首をかしげている。

「ああ。紫苑は思い草と呼ばれることがあってな。亡き人を偲《しの》ぶ草花なんだ」

泰山の返事に、玉水は「えっ」と小さな驚きの声を上げた。

「思い草って、南蛮煙管《なんばんぎせる》のことじゃないんですか」

玉水はかつて思い草の歌を教えてくれた付喪神の友のことを思い出したようだ。

「思い草と呼ばれる草花は、いくつかあるのだ。南蛮煙管のことも言うし、紫苑のことも言う。いずれも間違ってはいない」

竜晴が口を添えると、「そうなんですね」と玉水はうなずいた。

「泰山先生は紫苑の花を見ながら、お父さんを思い出すんですね」

「そうだ。玉水が銀竜草《ぎんりようそう》や南蛮煙管を見て、小ぎん殿や一助《いちすけ》殿を思い出すように――」

泰山の思いやり深い言葉に、玉水は感じ入った様子である。

竜晴もまた、龍の髭の花と青い実を思い出していた。懐かしく慕わしい女人の面影と共に――。

「では、そろそろ中へ入らせてもらっていいだろうか」

足止めされていた泰山がそう言いながら、庭を進もうとした。その時、

「待て」

竜晴は我に返って声を上げた。

「どうしたんだ」

泰山が驚いた眼差しを竜晴に向けてくる。

「お前、憑かれているぞ」

「何だって！」

泰山がぎょっとした表情になり、自分の手や足もとを見回している。

「目で見えるものではない」

竜晴は注意し、さらに問いかけた。

「それより、墓で何か変わったことに出くわさなかったか」

「墓で、か。特に思い当たることはないが……」

「墓で人に会っていないか。人に化けた妖ということもあるが……」

「いや、寺のご住職と小僧さんには会ったが、他には墓参りの人もいなかったし」

泰山に思い当たることはなさそうだったが、少ししてから「あっ」と大きな声がその口から漏れた。

「紫苑の花を墓前に供えた時、首筋に息のかかるような気配がして驚いたのだ。だが、何も見えなかったし、気のせいかと思っていたのだが……」

「息のかかるような……？」

「うむ。そういや、その時、少し肩が重くなったように感じたかな」

そんなことを言いながら、泰山は自分の肩に手を回し、指で押したり揉んだりし始めた。

「まさか、墓場で幽霊にでも憑かれたのだろうか」

泰山は不意に気味悪そうな表情になり、手を止めて竜晴を見つめてくる。

「うむ。何かは分からぬが、まあ、そのものに問うてみよう」

竜晴は印を結ぶと、「これからお前に呪をかけさせてもらう」と断ってから、呪を唱え始めた。

常に北天に在《あ》りて、星、彼を見る

善悪の隠るるなく、真理の見通せぬはなし
オン、マカシリエイ、ヂリベイ、ソワカ
「邪《よこしま》なるものよ、明らかなれ」

印を結んだ人差し指と中指を泰山に向けると、泰山の背後の景色が揺らいだ。

小烏丸と抜丸がたちまち警戒の体勢を取る。

「な、何だ」

何が起きたのか分かっていない泰山は後ろを振り返り、「わわっ！」と驚きの声を放った。泰山の足もとから白い霧のようなものが立ち、その背後に存在する何ものかの姿を隠している。

「医者先生から離れよ」

「医者先生に手出しはさせぬぞ」

小烏丸と抜丸が言い放った。

「ま、待ってくれ」

泰山の背後に漂っていた白い霧の中から、慌てた声がした。

「この人に悪さをしようって気はないんだ」

霧の中から、にゅっと太い腕が突き出てきた。明らかに人のものではない。肌の色は真っ青で、太さが人の二倍もありそうな頑丈な腕が、違う違うというふうに、横に振られた。

「何ものだ」

竜晴は鋭く問うた。

「俺は墓を守ってる鬼だ。墓守《はかもり》って呼ばれてる」

相手がそう名乗った時、霧のようなものはすでに失せ、その姿は白日《はくじつ》の下にさらされていた。全身青い肌を持ち、頭には二本の鋭い角、白い衣服をまとい、腕輪、足輪を付けている。

泰山より頭一つ分高い大柄な鬼がそこに立っていた。

「わわ。何だ、お前は――」

泰山が尻餅をつき、腰を抜かしている。

「何って、お兄さんの家の墓守ですよ。姿を見せる気はなかったんですけど、妙見《みょうけん》菩薩《ぼさつ》の呪をかけられちゃ、隠れてるわけにもいきませんや」

墓守の鬼は泰山に対して、妙に親しげな口を利く。自分で言うように泰山を害する気はなさそうだが、油断はできない。

「動くな」

と、竜晴は墓守に命じた。

墓守の体が動きを止める。これで、目と口以外の動きは完全に封じられた形だ。

「こ、これは言霊《ことだま》ってやつですかい？　いったいお兄さんは……」

ぎょろりとした目を竜晴に向けて、墓守は問うた。

「私は小烏神社の宮司、賀茂竜晴という。そちらは医者の立花泰山。おぬしが泰山の家の墓守だということは分かった。その墓守が何ゆえ、泰山に憑いていたのか、わけを話してもらおう」

「賀茂ってことは陰陽師《おんみょうじ》ですかい？　これはお見それいたしました。俺はこの人が気に入ったからついてきただけで、困らせる気は毛頭ありません。それに、少ししたら帰るつもりだったんですが……」

墓守は存外真面目な口ぶりで答えた。

「気に入ったとはどういうことだ」

「へえ。この人、お父さんの命日には必ず紫苑を供えに来るんです。その孝心《こうしん》に感じ入りましてね。去年までは見ているだけだったんですが、今年は妙についていきたい気分になりまして。もしかしたら、そちらの宮司さんの強い力が、この人から感じられたせいで、そんな気になったのかもしれません」

「それはつまり、竜晴の力に惹《ひ》かれて、医者先生についてきたということなのだな」

小烏丸が重々しい口ぶりで問う。

「まあ、そういうことでいいんでしょうかね」

墓守は納得した様子で言った。

「竜晴よ、悪い奴ではないようだ。竜晴の力を認め、我らの前に這いつくばるというのであれば、金縛りを解いてやってもよかろう」

小烏丸が言い、

「なぜ、お前が竜晴さまより偉そうな口を利く?」

と、抜丸がすかさず文句をつける。

「確かに、害意のないことは認めよう」

竜晴は「解《かい》」と唱え、墓守の金縛りを解いた。

「まあ、ここまで来たのだ。もう少し泰山と馴染み、疑いや不安を解いていくがよかろう」

竜晴は言って、墓守に家の中へ入るようにと勧めた。

「これは、ありがとう存じます。鬼を家へ入れてくれる人間はめったにいませんで」

墓守は何となく嬉しそうだ。

「ですが、ここには人間以外のものの方が多そうですな」

墓守は小烏丸、抜丸、玉水を順番に見ながら呟いた。

二

その後、墓守は居間へ上がり込むと、竜晴と泰山、それに付喪神たち、玉水と車座になり、妙に馴染んでしまった。

そもそも、墓守とはその墓を守ることに加え、そこに眠る死者の子孫を見守ることも仕事なのだそうだ。

「そこでまあ、お兄さんを見守るのも務めの一つだったわけで」

墓守は泰山を見ながら言う。

「私は泰山という。そう呼んでくれ」

泰山もすっかり墓守の鬼に慣れ親しみ、そんなふうに言った。

「そうですか。それじゃ、泰山さんと呼ばせてもらいます。お父さんは泰造《たいぞう》さんでしたね」

「ああ。亡き父と同じく、私も医者になった」

「そりゃあ、いい。泰造さんはもう浄土へ渡っちまってますが、喜んでいるでしょう。けど、泰山さんの……」

「あっ、そういえば――」

墓守が言いかけた言葉を遮り、泰山は強引に話を変えた。

「墓守殿が私についてきたのは、私から竜晴の力を感じ取ったという話だったが……。それは、付喪神たちの言葉を聞ける術をかけてもらっているせいだろうか」

泰山から目を向けられ、「うむ。それもあるだろうな」と竜晴はうなずいた。

「また、ここしばらく小烏神社で暮らしていたためでもあろう。気が整った清浄な場所で起居すれば、心身は好ましい状態となる。それが、人ならざるものの耳目《じもく》を惹きつけるのだ」

「なるほどな」

泰山は納得した様子でうなずく。

「ところで、墓守殿。おぬしは泰山にとって善なるものと考えてよいのか」

竜晴は墓守に改めて問うた。

「それについては何とも言えませんな。泰山さんが俺を怒らせなけりゃ、俺は害にはなりませんし、喜ばせてくれりゃ、いい運も授けますけど」

「つまりおぬしを怒らせれば、泰山に災いが降りかかるというわけだな」

竜晴の言葉に、付喪神たちが「何だと」と憤る。

「いや、待ってください。俺の見るところ、泰山さんが俺を怒らせることはまずありませんよ」

付喪神たちの意気込みにたじたじになって、墓守が言う。

「ところで、墓守殿を怒らせることって何なんだ？」

泰山が訊いた。

「そりゃあ、死んだ親兄弟を忘れたり、死者を嘆かせるような悪事を働いたりすることですな」

墓守は素直に答える。

「なるほど。確かに医者先生には縁のなさそうなことだな」

小烏丸は満足そうに大きくうなずいたが、泰山は考え込むような表情を浮かべている。

「まあ、泰山さんは俺を喜ばせてくれましたんで、ちょいといい運をお分けしようと思ってたところなんですよ」

「ふむ。それがよかろう」

と、小烏丸と抜丸は言い合っている。しかし、肝心の泰山は何らかの思いにとらわれてしまった様子で、口を開かなかった。

「ところで、墓守殿に一つ訊きたいことがある」

墓守自身の話が一段落すると、竜晴は話題を変えた。

「実は、とある幽霊を捜しているのだ。体から切り離された首を、自分の手で持ち抱えている幽霊なのだが……」

「あ、その幽霊なら墓場に来たことがありますよ。自分の墓が分からなくてさすらってるのかと声をかけたんですが、『私は誰だろう』とか言って、話が通じませんでしたな」

墓守はあっさり答えた。墓場はやはり幽霊が赴く場所のようだ。

しかし、問うても答えが返ってこないので、墓守は対話をあきらめたという。幽霊はやがて墓場を出ていったが、どこへ赴いたのかは知らないそうだ。

墓守がその幽霊と出くわしたのは、数日前のこと。竜晴は天草四郎の話をし、次に見かけたら小烏神社へ案内してくれるようにと頼んだ。

「分かりました。声をかけられる墓守連中にも話しておきましょう」

この墓守はなかなか頼りになることを言ってくれた。さらに、天草四郎に邪念があったかと問うと、特に感じられなかったという。ただ、記憶を失くして途方に暮れている様子であったそうだ。

「そうか。私のもとへ来た時、彼の往生を妨げている怨念のみを忘れさせようとした。だが、今は大切な記憶まで失ってしまったのかもしれぬ」

天草四郎と思われる幽霊の他に仲間の霊はいなかったかとも訊いてみたが、他の霊の気配はなかったとのこと。

そうして一通りの話を終えた頃には、陽も落ちかかっていた。

「それじゃあ、また」

などと親しげに言い置き、墓守は墓場へ帰っていった。

その頃になっても、泰山はいつになく何かを思い悩んでいる様子であった。

翌日、竜晴は付喪神たちを連れて、寛永寺へ赴き、墓守の鬼が天草四郎の霊を見ていたことを報告した。

「その様子ならば、己が何ものかを忘れていると見なしてよいのであろうか」

天海の言葉に、竜晴はうなずいた。

「天草四郎についてはそのようです。警戒すべきは、仲間の怨霊の方ですが、墓守の話によれば、一緒ではなかったそうですし」

「消滅したか往生したか、はっきり分かるとよいのだが……」

天海は悩ましげに呟く。

「今は、様子を見るしかありますまい」

「うむ。しかしながら、上さまが今年、鷹狩りを催すとおっしゃっておられる」

「そういえば、昨年は鷹狩りが中止になったのでございましたね」

小烏丸が鷹に襲われたり、伊勢貞衡の鷹匠三郎兵衛が何ものかに操られたり、という異変が続き、去年の鷹狩りは中止となった。その後も、江戸は鵺や八尾の妖狐の脅威にさらされ、島原では反乱まで勃発したのだから、中止の判断は正しかったと言える。

しかし、二年連続の中止は将軍の威光を損なうものだ。また、島原の乱で暗く沈んだ世相を一新するためにも、今年は大掛かりな鷹狩りを行う、というのが幕閣の意向らしい。

「それゆえ、今年はめったなことでは中止になるまい」

と、天海は重苦しい口ぶりで告げた。

実施は、十月のことになりそうだという。

「できれば、賀茂殿と立花先生には、鷹狩りに同行していただきたいのだが」

天海からの申し出に、竜晴は「かまいません」とすぐに答えた。もともと去年の段階で、そういう約束になっていたのである。

「泰山も進んで同行するでしょう」

「伊勢殿が参加するのであれば、その陣に加えていただくのが、互いに気心も知れており、よろしいかと存ずる」

天海の言葉に、竜晴はそうなればありがたいと答えた。鷹狩りにはあのアサマも加わるであろうし、何かあればすぐに対処できる場所にいた方がよい。

天海と竜晴は鷹狩りのこと、天草四郎の亡霊のことなど、互いに分かったことがあればすぐに知らせると約束して、その日の対面は終わった。

帰りがけ、竜晴の後ろに従う小烏丸が「なあなあ、竜晴」と人のいない隙《すき》を見計らって声をかけてきた。

「医者先生のことなんだが……」

と、どこか気がかりそうな口ぶりであった。

「泰山が何かに悩んでいるということか」

竜晴は先に述べた。

「そうだ。竜晴も気づいていたのだな」

「お前が気づいていて、竜晴さまが気づかぬことがあるはずなかろう」

抜丸は小烏丸につけつけと言った後、竜晴に顔を向けた。

「医者先生は、例の墓守の話の途中で悩み始めました。特に、墓守が死者の子孫に運を授けたり、災いを為したりする、という話の後でございます」

きびきびと語る抜丸に、「うむ」と竜晴はうなずく。

「墓守から災いをもたらされる人物に、心当たりでもあるのだろうか。死者を忘れたり、悪事を働いたりする者、ということになろうが……」

「医者先生は独り暮らしなのであろう?」

小烏丸が首をかしげた。

「その通りだ。だが、泰山の身内について、私は聞いたことがない。もしかしたら、付き合いの絶えた兄弟姉妹がいるのかもしれぬ」

「医者先生は、その血縁者が難を被るかもしれないと、悩んでいるのでしょうか」

抜丸が考え込むように言い、

「それもあり得るだろう」

と、竜晴は応じた。

「だが、私は無理に聞き出そうとは思わない。泰山が話したくなったら話してくれるのがよいと考えている」

「うむ。竜晴は正しい」

小烏丸が断固たる口調で言った。

「だが、時に人は過ちを犯す。話すべき時に話すのを躊躇い、事態が抜き差しならなくなってから、ようやく口を割る——そういう人の過ちを、我は幾度も見てきた」

小烏丸の言葉に竜晴は耳を傾けた。

「だから、医者先生がその過ちに陥りかけていると思った時は、話しやすいよう先導してもいいと思う。医者先生は竜晴がそう振る舞うことを、決して嫌がったりしないと思うぞ」

「私も……こやつの言い分に乗るのは業腹《ごうはら》ではありますが、同じように思います」

と、抜丸が静かな声で続けた。

「お前たちの助言、しかと胸に刻んでおこう」

竜晴もまた、静かな声で応じた。

三

三日後の七夕《たなばた》、竜晴は例年のごとく神事を行った。純白の小袖に袴という正装で、本殿脇の梶《かじ》の木の前で祝詞《のりと》を唱え、その葉を七枚摘む。

去年は成り行きから泰山が三方《さんぼう》を持って手伝うことになったのだが、今年は玉水がその役を務めることになった。小烏丸と抜丸はカラスと白蛇の姿で、玉水の指南役よろしく、その両脇に控えている。

「……祓戸《はらえど》の大神たち、もろもろの禍事《まがこと》、罪、穢《けが》れ、あらんをば祓いたまい、清めたまえ」

竜晴は御幣《ごへい》を手に祝詞を唱えてから、梶の葉を摘んでいく。一枚摘み取るごとに「頂戴つかまつる」と礼を捧げ、玉水の捧げ持つ三方の上に置いていった。

七枚の葉を摘んだところで、神事はいったん中断となる。竜晴は玉水から三方を受け取ると、それを本殿の中に安置した。

梶の葉から水気が抜けるのを待ち、しかるべき和歌や祈願の言葉などをしたためてから、改めて神に捧げるのだ。七日の晩は願いの筋を神に祈願し、眠らずに神事を行うのが宮司の務めであった。

「宮司さまが眠らずにお仕事をなさるのなら、私たちも今夜は眠っちゃいけないですよね」

七夕の神事を初めて経験した玉水は、昂奮した面持ちで訊いてきたが、

「いや、夜の神事は私だけでよい」

と、竜晴は断った。

「小烏丸と抜丸も立ち会わないし、お前も気にせず休めばよかろう」

「えっ、それでは、宮司さまはお一人で一晩中起きていらっしゃるんですか」

玉水は虚を衝かれた様子で訊き返した。

「そうだが、どうかしたか」

「いえ。一晩中、お一人でいるのは寂しくないのかな、と――」

「ふむ。そのように感じたことはなかったが……。昨年は泰山が付き添ってくれたしな」

竜晴は一年前の夜を思い出し、ふと呟いた。神事といっても、祈りを捧げる儀式

が終われば、その後は眠らないことが仕事のようなものである。あの晩は泰山と二人、雑談をして過ごした。話していたのは専《もっぱ》ら泰山であったが……。

「それじゃあ、今年も泰山先生が付き添ってくださるのですね。よかったです」

玉水は勝手に泰山が付き添うものと思い込んだようである。だが、そのような約束は交わしていない。近頃の泰山は——例の墓守の鬼が現れた日以来だが——ずっと何かに心をとらわれていた。口数も少なくなり、必要なこと以外はあまりしゃべらない。その心をとらえている原因について、今のところ、泰山から打ち明ける気はなさそうであった。

「一晩中起きていらっしゃるなら、きっとお腹も空きますよね。握り飯をいくつかご用意しなくちゃ、ですね。それじゃあ、晩のお米はいつもより多く炊いて……」

と、玉水は算段を始めた。泰山は寝ずの番をするとは限らない——と、竜晴は玉水に言わなかった。いつになく迷っているうちに、玉水がやる気になってしまい、言い出す機を逃してしまったのだ。

だが、ふとそれもいいかもしれないという気持ちになった。竜晴から誘えば、泰山は否とは言うまい。長い夜の間には、泰山の重い口も開くのではないだろうか。

その日の夕方、帰ってきた泰山に、七夕の神事のことを告げると、

「そうか。今日は七夕だったんだな」

と、今初めて気づいたという表情で呟いた。

「私は今宵、本殿で神事を行い、夜を明かす」

「そういえば、去年の七夕はお前と一緒に過ごしたのだったなあ」

泰山は懐かしそうに呟いた。

「今年も付き合ってくれるか」

竜晴が続けて言うと、泰山はわずかに目を瞠った後、

「ああ、もちろんだ」

と、しっかり返事をした。

それから夕餉《ゆうげ》が済むと、竜晴は本殿に納めた梶の葉をいったん下げて、家屋の居間へと持ってきた。

「では、おのおの、梶の葉に言葉をしたためよ」

朝のうちに摘み取った梶の葉は水気も抜けていたが、さらに文字を書きやすいよ

う、竜晴は少しばかり気を操った。梶の葉は楮《こうぞ》の原料となるもので、紙のようにとはいかないが、文字を書くのに適している。ここに和歌や祈願の言葉をしたため、神に捧げるのだ。

竜晴は泰山を含め、小烏神社の面々に梶の葉を一枚ずつ渡した。

小烏丸と抜丸は毎年のことで慣れており、書く言葉も毎年同じである。

竜晴の後、すぐに筆を執《と》った抜丸は「常山蛇勢《じようざんのだせい》」としたためた。

「それ、どういう意なんですか」

抜丸から筆の跡を披露された玉水は、興味津々である。

「すべてが整っていて、隙や欠けたところがまったくないことをいう。何ともまあ、蛇にふさわしい言葉ではないか」

抜丸は胸を張って答えた。抜丸に負けじと筆を手にした小烏丸は「慈烏反哺《じうはんぽ》」と記した。こちらは問われる前から、

「カラスは慈しみ深く、受けた恩を忘れないという意だ。並み居る鳥獣とは違うということだな」

と、玉水に教えてやっている。

こうした付喪神たちの指南を受けた玉水が、自分も「狐」の文字が入った言葉を書かなければならないと勘違いしたのは無理もない。

「私は言葉をよく知りません。『狐』の文字が入ったいい言葉を教えてください」

と、小烏丸と抜丸に頼み込んだ。

「んん？　狐の入った言葉だと？」

虚を衝かれた小烏丸と抜丸は、しばらく顔を見合わせていたが、

「『狐、虎の威を借る』？」

「それは、弱い狐が空威張りする話であろう。『狐、その尾を濡らす』ならばどうか」

「それこそ、子狐が尻尾《しっぽ》を上げて川を渡り始めるも、最後まで行き着けず、疲れて尻尾を水で濡らしたという駄目な例ではないか」

などと、思いつくままにしゃべり出した。しかし、互いに互いの挙げたものをけなし合った末に、

「狐が入った言葉は、悪い意図で使われるものしか知らんな」

と、最後には抜丸が結論付けた。抜丸も小烏丸もことさら狐を貶《おとし》めるつもりはな

かったようだが、思いつかなかったのだから仕方がないと、まったく悪びれたところがない。

「そんなあ……」

玉水は落ち込んでしまい、「宮司さま」と竜晴に泣きついてきた。

「狐の字の入ったすばらしい言葉を教えてください」

必死の眼差しを向けてくる。

「別に、狐の字の入った言葉でなくていいだろう。私とて『人』の文字が入った言葉を書いたわけではない」

竜晴はそう諭し、自らのしたためた梶の葉を玉水に見せた。

「無病息災」

これは、毎年竜晴が決まってしたためるものだ。

「あ、そうなんですね。じゃあ、私も宮司さまと同じように、好きな言葉を書きます」

玉水は明るい笑顔になった。といって、すぐに書く言葉が思い浮かぶわけではなく、うんうん唸っている。

「お前はどういうことを書きたいのだ」

「ええと……常に飢えることなくご飯をいっぱい食べられますように、かな。いえ、それより早く天狐《てんこ》になれますように、という方がいいかな」

玉水はぶつぶつ呟いている。

「願いの筋があるのなら、そのまましたためればよいのだが……」

「でも、長い文だと字を小さくしなくてはいけませんし、小烏丸さんや抜丸さんみたいに、短い言葉の方がかっこいいです」

「ふむ。それならば、『餓鬼《がき》退散《たいさん》』『天狐昇格』などと書けばよかろう」

竜晴は玉水のため、紙に手本を書いて渡そうとしたのだが、

「待ってください」

と、既《すんで》のところで、玉水に止められた。

「満腹も天狐もけっこうです。それよりも、悪いことがあった後、いいことがありますように——とお願いするような言葉はありませんか」

そう訴える玉水の眼差しはまっすぐだった。妖狐に狙われ、独りで暮らす寂しさに耐え、親しんだ友と別れ——玉水がこれまで乗り越えてきた日々のすべてが、そ

の眼差しに宿っている。

「ふむ。それならば、『一陽来復《いちようらいふく》』であろうな」

竜晴は答え、玉水のために手本をしたためた。玉水はそれを見ながら、ゆっくりと丁寧に梶の葉に書き写していく。かつて公家の姫に仕えていた玉水の手蹟《て》はとても美しい。

「他にも書きたい言葉があれば、梶の葉を使ってよいのだぞ」

竜晴はそう持ちかけたのだが、玉水はこれだけでいいと満足そうに答えた。

その後、少し考え込んでいた泰山も筆記を終え、竜晴は残る二枚のうち、一枚に和歌を記した。古人の詠《よ》んだ七夕の和歌をしたためるのは毎年の習いである。


袖ひぢて我が手にむすぶ水のおもに　天《あま》つ星合《ほしあい》の空をみるかな

——袖を濡らしつつ、両手を合わせて汲み上げた水の表面に、夫婦星《めおとぼし》が逢う七夕の空が映っています。

七夕を詠んだ歌は数多くあるので、その中から毎年竜晴が選ぶのだが、今年は

『新古今和歌集《しんこきんわかしゅう》』から藤原長能《ふじわらのながとう》の歌を書いた。これだけの文字を一枚の葉に書き切るには、字をとても小さくしなければならないが、竜晴は慣れている。

(さて、一枚残ったが……)

和歌や願いの筋ならば、何を書いてもよいことになっている。去年まで、竜晴はさして悩むことなく、梶の葉を言葉で埋めてきた。縁起のよい言葉、世の中の平穏を祈る言葉、あるいは似つかわしい和歌を選ぶのに、苦労はなかった。

是が非でも、というのなら、今も何か書くことはできる。

だが、この時、竜晴は何も書かずに切り上げた。文字の書かれた六枚の葉と何も書かれていない一枚を再び三方に載せ、矢立《やたて》を用意し、泰山と共に本殿へと向かった。

その後ろから、玉水が握り飯と麦湯の入った薬缶《やかん》を持ってついてくる。

この日は本殿に近い石灯籠に火を入れてあり、本殿の中にはすでに行灯《あんどん》が持ち込まれていたから、提灯なしで移動するのに不便はない。

「それでは、失礼します」

下がっていく玉水に、気にせず休んでいるようにと伝え、竜晴と泰山は本殿で二人きりとなった。

本殿の奥まったところには刀掛けが置かれ、両脇に榊《さかき》の枝が供えられているが、そこに収まった刀はない。

「あの刀掛けに抜丸殿の本体を安置しないのか」

泰山が尋ねてきた。去年も見ているはずだが、あえて尋ねるほど気にならなかったのだろう。だが、今の泰山は付喪神たちを知り、時を超えた世では抜丸の本体を手に戦ったことさえある。

「抜丸の刀は拝殿にある。ここの刀掛けには、我が社の名を冠する刀が本来安置されるはずなんだが……」

神社が創設されて以来、あの刀掛けに刀が収まったことは一度もなかった。

「そうか。小烏丸の刀が収まる場所なんだな」

泰山は刀掛けを見つめながらしみじみと呟く。

「まずは、神への挨拶を済ませよう」

竜晴は梶の葉を載せた三方を刀掛けの前に安置すると、祝詞を唱えた。泰山は竜晴の後ろに正座し、手を合わせている。

一通りの神事が終わると、「楽にしてくれ」と竜晴は泰山に勧め、互いに向き合って座った。

「私が書いたものを見たか」

向き合ってしばらくすると、先に泰山の方から口を開いた。竜晴は「いや」と首を横に振る。

「『異路同帰《いろどうき》』と書いた」

泰山はゆっくりと告げた。

「なるほど。異なる道を通っても、帰するところは同じということか。一人の行動を指す場合もあるが、お前の意図は違うのだろう。おそらく、お前と異なる道へ進んだ誰かと、いずれ同じ場所へ帰りたいと、願ってのことではないのか」

竜晴の述べた言葉に、「その通りだ」と泰山はうなずいた。

「ここ数日、お前が思い悩んでいたことと関わるのか」

さりげなく問うた竜晴の言葉に、「やはり気づかれていたのだな」と泰山は呟く。

「少し聞いてもらえるか」

竜晴が口を開くより先に、泰山の方から切り出した。

「うむ。暇は十分にあるからな」

「ありがとう、竜晴」

　泰山はしんみりと言った。

「お前の助けになれたならともかく、礼を言われるほどのことでもあるまい」

「礼は、ここへ誘ってくれたことに対してだ。あえて話しやすい場を調えてくれたのだろう？」

　泰山は少し微笑むと、心を決めた様子で語り出した。

「お前のことだから薄々気づいているだろうが、墓守の話が関わっているんだ。あの者の気に入ることをすればいい運を授けてもらえる一方で、気に入らぬことをすれば災いが降りかかる、という話を覚えているか？」

「うむ。お前はあの墓守に気に入られていたが……」

「ああ。私は自分がそれほど孝行息子だとは思わない。墓参りだって、命日を除けば思い立った時に行くだけだからな。だが、兄に比べれば、それでもましだ。だから、あの墓守は私を贔屓《ひいき》してくれるのだろう」

「お前に兄がいたとは知らなかったな」

「兄は、父が亡くなる前に家を出ていったきり、消息が分からないんだ」

もう七、八年も会っていないと、泰山は呟いた。

「兄は父を嫌い、父の仕事も嫌っていた。兄にもいろいろ言い分はあるだろうが、簡単に言えば、患者さんをいちばんに考え、他の一切を……妻子ですらないがしろにする父を嫌っていたのだ」

「なるほど、お前は父君のお考えを受け継ぎ、父君のような医者になったというわけだな。そして、兄君はそういう生き方をよしとしなかった……」

「まあ、そうだ。特に、私たちの母がもはや助からぬと分かった時、父は助かる患者さんの治療を優先したのだ。もちろん、母の治療に全力を尽くした上でのことだが、母の最期に立ち会わなかった父のことが、兄はどうしても許せなかったのだろう。私が父を庇うようなことを言ったら、兄は私を睨みつけて、こう言った。『だったら、お前は一生所帯を持つな』と。私が将来、父のようになると思ったのだろうな」

「そうか。あの時の話は兄君のことだったのだな」

前に、泰山が神社を出ていくかどうか、という話になった時、泰山から聞いたことを思い出し、竜晴は呟いた。

「兄は父の跡を継ぐこともなく、家も捨てて、行方をくらませた。父は私よりも兄に期待し、死ぬ間際まで帰ってきてほしいと願っていたのだが……」

泰山は太腿《ふともも》の上の拳をじっと見つめながら言う。

「お前は墓守の言葉を聞き、あの鬼が兄君に罰を与えるのではないか、と心配になったのだな」

竜晴の言葉に、「その通りだ」と泰山は拳から目をそらさずに答えた。

「兄君の消息に心当たりはまったくないのか」

「……うむ」

と、いったんうなずいた泰山は「ただ……」と思い出したように続けた。

「父が亡くなったことだけは、どこかで知ったようなのだ。父の死から二年ほど経ったある時、墓に花が供えられていた」

「ならば、兄君にも孝行の気持ちはあるということだろう。あの墓守が兄君に罰を与えることはないと思うが」

「いや、違うんだ」

泰山は顔を上げ、竜晴に目を据えると言った。

「墓に供えられていたのは、忘れ草だった」

泰山は苦しそうな面持ちになって言う。

「兄は父のことを忘れると、父の墓の前で誓ったのだ。忘れ草はその証だ。私はそれに気づいて、腹立たしく思った。あの墓守だって同じように思っただろう。その後、兄が気持ちを変えていないのなら、墓守が兄をひどい目に遭わせてやろうと思うのも無理はない」

「だが、お前は兄君にそんな目に遭ってほしくないのだな。平穏に生き、いずれ家へ帰ってきてほしいと願っている」

竜晴は穏やかな声で告げた。その泰山の願いが「異路同帰」に込められている。泰山の願いを神が嘉《よみ》すか、それとも、泰山の兄を許すまじとする鬼の怒りが勝《まさ》るのか。

この件に関して、竜晴が助けになれることはない。ただ、

「お前は優しいのだな」

と、竜晴はしみじみ言った。泰山は再びうつむき、言葉は返してこない。

その時、泰山の横顔に外からの光が降り注いでいることに、竜晴は気づいた。明かり取りの格子窓から注ぐ月の光は淡く、うつむいている泰山は気づかないようだ。

竜晴はふと思い立ち、三方の前に座り直すと、一礼した後、まだ何も書いていない梶の葉を取り出した。矢立でそこに「屋梁落月《おくりようらくげつ》」としたためる。

――落ちかかった月の光が屋根を満たし、君の顔を照らしているかのようだ。

これは、詩人の杜甫《とほ》が逆境の友、李白《りはく》を思って詠んだ詩の一節であり、友人を思いやる情の深いことを指す言葉であった。

それが今の自分にふさわしい言葉だと言いたいわけではない。だが、杜甫のようでありたいという気持ちが竜晴の心にも芽生えていた。

竜晴は書き上げた梶の葉を三方に戻すと、再び静かな声で祝詞を唱え始めた。

五章　萱草と紫苑

一

　この感じには覚えがあると、竜晴は思った。辺りは真っ暗で何も見えず、体が宙を浮遊している。かつて見た夢と同じだ。

　天草四郎の過去と思われる光景を空から眺めていた夢、そして青き鱗を持つ竜に呼びかけられた夢――その狭間《はざま》にさすらった暗黒の世界。

　今も、あの時と同じ場所をさすらっているのかと思いつつ、竜晴はその世界に身を委《ゆだ》ねた。何も見えなくとも恐ろしさをまったく感じないのは、前と同じだ。

　そうするうち、暗闇の中に蒼白い光が浮かび上がった。点のようなその光は見るうちに大きくなり、光と竜晴は互いに引き寄せ合う。

　やがて見えてきたのは、巨大な竜の頭だ。青い鱗と黄金色の目には見覚えがある。

「竜晴よ」

今度はいきなり名を呼ばれた。

「相変わらず、おぬしは眠っておるようだな」

「前にも言っていたな。眠っているとはどういう……」

「そのままだ。他に言いようはない」

竜はにべもない言い方をした。絶対の真実を口にし、要らざることは言わない。どことなく自分を見るような心地になったのは、ただの気のせいだろうか。

「早く目覚めよ、竜晴」

竜は重々しく命じた。

「我をこれ以上待たせるな」

言うだけ言うと、竜は目を閉じた。もはや何を訊いても答えてくれまい、と思ううちにも、竜の体を覆う蒼白い光はまばゆさを増していき、やがて輪郭も見えぬほどになった。

前はただ翻弄されるだけだったが、今度は違う。夢の終わりを予測すると、竜晴は静かに瞼《まぶた》を伏せた。

「竜晴、おい。大事ないか」

泰山の声に目を開けると、そこは神社の本殿の中であった。

目の前には三方が据えられ、刀の置かれていない刀掛けも見える。泰山は竜晴の肩に手をかけており、竜晴は正座をした格好だった。

どうやら、座ったまま眠っていたらしい。七夕の神事を行う夜に寝入ってしまうなど、宮司としてあり得ない失態である。これまで、そんなことはただの一度もなかった。

とすれば、うっかり眠ったというよりも、あの青き竜の力で夢を見せられたのではないか。短い間に考えをめぐらした末に、竜晴はそう結論付けることにした。

「急に目を閉じて動かなくなったから、驚いたぞ」

泰山はなおも竜晴の肩に手を置いたまま、心配そうに顔をのぞき込んでくる。友人をひたすら案ずる眼差しと、医者としてささいな変化も見逃すまいとする慎重な眼差し。

「大事ない。心配をかけてすまなかった」

竜晴は泰山の目をしっかり受け止めて答えた。

「夢を見ていた。私に関わりのある神が現れた。もっとも、その言葉は神の都合でしか語られぬため、私にも理解が届かぬのだが……」

「それは、よくあることなのか」

泰山はひとまず医者の出る幕ではないと理解し、安心したようであった。

「そうだな。似た夢を前にも見たことがある。それは、天草四郎の霊が現れた晩のことであった。今日は七夕の神事を行ったゆえ、霊や神に関わった後に見る夢が何らかの作用を受けるということであろう」

「なるほど。それならいいんだ」

泰山はようやく竜晴の肩に置いた手を離した。

「とはいえ焦ったぞ。もう少しでここを飛び出して、薬箱を取ってくるところだった」

「すまない。こうなるとは予測できなくてな」

「そう何度も謝るな」

泰山は照れくさそうに笑った。

「まあ、お前の口からそういう言葉を聞くのも、なかなか新鮮で悪くないが……。私は医者として当たり前のことをしたに過ぎない。それに対して、お前が謝るのは道理に合わぬことであろう？」

泰山の口もとに浮かぶ笑みがいつの間にか、悪戯《いたずら》っぽいものとなっていることに、竜晴は気づいた。

「私の口真似のつもりか」

思わず苦々しい言い方になってしまう。そんな竜晴に、泰山は声を上げて笑い出した。

「お前は……本当に変わったんだな」

泰山の言葉に「そうか？」と返そうとして、ふと思いとどまる。変わったことへの自覚は竜晴にもあった。ならば「……そうだな」と返すべきだろう。

泰山は朗らかな表情でうなずいてくれた。

その後、付喪神たちや玉水のこと、時折、花枝や大輔のことなどを語りながら、竜晴と泰山は夜を明かした。竜晴が夢を見たことを除いては何も起こらず、空が白み始めてきた頃、二人でいつもの家屋へ戻った。

抜丸は早くも薬草畑の中を這い回っており、二人に気づくと鎌首をもたげ、

「竜晴さま、おはようございます。昨晩はお疲れさまでございました。医者先生もご苦労」

と、挨拶してきた。相変わらず、竜晴には恭《うやうや》しく、泰山にはぞんざいである。

「あのなあ、抜丸殿。私もいい加減、慣れてきたとはいえ……」

泰山が抜丸に言い返している間に、「宮司さま、泰山先生、おはようございます」と玉水が部屋から庭へ飛び出してきた。

泰山は「ああ、おはよう」と返したものの、再び抜丸との言い合いに戻っていく。それを見て、

「泰山先生はお元気になられたみたいですね」

玉水が竜晴に小声で話しかけてきた。

「そう見えるか」

「はい。徹夜をなさったのに、お顔がすっきりしています。宮司さまのお蔭ですね」

「私はただ話を聞いただけだがな」

「それで、泰山先生は気持ちが楽になられたんじゃないでしょうか。ただ、誰かに聞いてもらえただけで、楽になれることってありますから」

玉水は力強く言った。

「私は遠い昔、自分が狐であることを大切な人にも隠していましたけれど、打ち明けた後は、気持ちが楽になりました。そのまま別れることになってしまいましたが、それでも打ち明けないよりはよかったです」

玉水の実感のこもった言葉の通り、抜丸と話をしている泰山の表情は昨日までより和らいだように見える。その時、竜晴は胸の底の方が少し温かくなったように感じた。


それから二日が過ぎた七月十日のこと。

朝方、薬草畑の前に立ち、晴れた空を見上げていた泰山は、

「夕方には雨が降るから、朝の水やりはやめておこう。抜丸殿も水やりはしないでくれ」

と、言った。抜丸は泰山の足もとまで這っていき、

「これほど晴れているのに、夕方は雨になるのか」

と、疑わしげに訊いたが、泰山は降ると言う。さらには、縁側で干している薬草も昼を過ぎたら片付けてほしいと言い置き、往診に出かけていった。

そしてこの日、泰山の言う通り、昼過ぎから急に空が曇ってきて雨が降った。

「さすがは医者先生。空を見て天候を読めるようになったのか」

抜丸は驚いていたが、それでも泰山が天気を予測できたのは草木を思う余りのことと考え、この時は納得したらしい。

ところが、その後も泰山の異変は続いた。

アサマの来訪を言い当て、夕餉の中身を言い当て、ついには小烏丸の災難まで予言したのだ。

「小烏丸よ。枝の上でうとうとしていると、突風にやられるから気をつけた方がよいぞ」

ある朝、唐突に泰山から忠告された小烏丸は、いささかむっとして、

「我が突風なんぞにやられるものか」

と言い返し、忠告を無視した。ところが、その日の昼過ぎ、急に横から吹き付けてきた突風のせいで枝から転がり落ちるという、鳥としては情けない姿をさらすことになったのだった。その結果、

「医者先生が先のことを見通せるようになった」

と、小烏丸と抜丸が騒ぎ出した。そして、小烏丸の転落事件が起きた日の夕方、往診から帰ってきた泰山は一同に囲まれたのである。

「どうやって予知の力を手に入れた？」

小烏丸から切り口上で尋ねられた泰山は、

「やはり、私は予知ができるようになったのだろうか」

と、神妙な面持ちで呟いた。

「何だ、医者先生は自分で分からないのか」

抜丸があきれた調子で言う。

「私はただ、ある場面が頭に浮かぶようになっただけだ。どうも気になるので、それを口にしてきた。その通りになったと聞いて、むしろ驚いている」

そう打ち明けた泰山は竜晴に目を据え、

「まさか、私の知らぬうちに、お前が術でも施したのではないだろうな」

と、訊いてきた。

「本人の許しなくそのようなことはしない」

竜晴は淡々と答えた。

「そうだろうな。いや、疑ってすまなかった」

泰山はしゅんと萎れて謝った。

「そもそも予知の術などない。それは人に許される領域を逸脱する力だ」

「お前の使う術は、大概、人の領域を超えているがな」

「それでも、先行きを知ることは、さまざまな軋轢《あつれき》を生む」

竜晴の言葉に、泰山は「その通りだ」と呟いた。

「もっとも、私の頭に浮かぶのは、せいぜいその日か翌日に起こることくらいなんだが……」

「つまり、遠い先のことが分かるわけではないということだな」

「ああ。それに、頭に浮かぶのはささいな出来事ばかりのようだ」

「我が木から落ちるのは、ささいな出来事などではない！」

小烏丸は怒ったが、「自分で言っていて恥ずかしくないのか」と抜丸から言われたため、怒りの矛先は抜丸へと向けられた。付喪神たちがやいのやいのと言い争っているうち、

「いや、そうでもないかもしれん」

不意に、泰山が恐ろしそうな口ぶりで言い出した。

付喪神たちはぴたりと口を閉ざし、誰もが泰山の口もとに目を向ける。

「どうした。何か見えたのか」

「今、頭に浮かんだのだ」

泰山は震える声で言った。

「自分の首を手で持つ、天草四郎殿の姿が――」

「何だと。四郎以外の者は見えるか」

「いや、他には誰も見えなかった」

竜晴の問いに、慎重な口ぶりで泰山は答える。

「これまで私に見えたのは、身近なものの先行きだけだった。とすれば、ここにいる誰かが四郎殿と接触するのだと思うが……」

「誰か、ではなく、皆かもしれぬな」

竜晴は呟いた。四郎の方から小烏神社を訪ねてくる、もしくはおいちや獅子王、墓守の誰かが四郎を連れてくることも考えられる。

「とりあえずは様子を見よう。四郎が現れたら、泰山の予知の力も本物だと分かる」

泰山に見えるのは翌日くらいまで、というのであれば、一両日は待つしかない。ただし、相手が死霊であることを考えれば、現れるのは夜の見込みが高そうだ。日暮れも間近なこの時、一同はそれぞれに緊張した面持ちでうなずき合ったのだった。

二

待つしかないと分かっていても、幽霊が現れるかもしれない時に落ち着いていられるのは、胆が据わった者だけだ。付喪神たちは日が暮れた後も、庭と家の中を行ったり来たりし、玉水は夕餉の最中だけは食べることに集中したものの、その後は

立ったり座ったり、そわそわと落ち着かない。そんな中、

「泰山、少しいいか」

と、竜晴は呼びかけた。

「実は、お前の予知の力について心当たりがある」

「……そうか」

泰山はわずかに目を瞠ったものの、それほど驚きはしなかった。むしろ驚いたのは、小烏丸、抜丸、玉水たちの方だ。彼らがそばで聞き耳を立てるのを咎《とが》めず、竜晴は泰山を相手にしゃべり出した。

「お前と墓守の境遇に、よく似た話があるのだ。もしかしたら、お前も知っているかもしれないが……」

竜晴の前置きに、泰山は「聞かせてくれ」と促してくる。

「父親を亡くした兄弟の話だ。兄は父のことを忘れようと、その墓に忘れ草と呼ばれる萱草を植えた。一方、弟は父のことを忘れまいと心に誓い、思い草と呼ばれる紫苑を植える。兄は仕事に没頭して墓参りもしないが、弟は墓参りを欠かさない。墓守の鬼は、孝行者の弟に予知夢を見る力を授けた」

「…………」

「細かい違いはあるだろうが、七夕の晩にお前から聞いた話に照らし合わせれば、非常によく似ている。お前が父君の墓に紫苑を供えたのは、紫苑の異名が思い草と知っていたからだろう。お前はそれをこの逸話から知ったのではないか」

「……ああ」

ほんの少しの沈黙を置いてから、泰山は認めた。

「その話を私と兄に教えてくれたのは父だ。萱草も紫苑も生薬として使われるからな。萱草は熱さましに、紫苑は咳止めや痰切りに効く。その時、父はこう言った。自分の墓に供える草花があるのなら、患者さんのために使ってくれと――」

「お前の父君らしい言葉に思える」

「ああ。だが、さすがに一輪の花も供えないのは気が咎めた。私は父を忘れたくなかったから紫苑を供えたが、父を忘れたい兄は萱草を供えたのだろう」

「だが、本当に忘れていたら何もしないはずだ。萱草を供えた段階で、兄君もまた父君を忘れていなかったことになる」

「そうだろうな。父から聞いた昔話では、萱草を植えた兄が鬼からひどい目に遭わされることはなかった。だから、私も気にしていなかったんだ。だが、墓守殿が先日、自分を怒らせた相手には災いが降りかかる、などと言うものだから、兄のことが心配になった」

「うむ。兄君のことは気がかりだろうが、まずはお前の予知について考えよう。夢を見るか、頭に浮かぶか、という違いはあるが、例の墓守から与えられた力と考えれば納得がいく」

「やはり、墓守殿のしわざなのだな」

泰山もそうではないかと疑っていたようだ。

「他に思い当たる節がないからな。だが、それならば話は早い。力の使い方も墓守が教えてくれるだろうし、もしお前が力を手放したいなら、そのやり方も知っているだろう」

「私はこのような力はない方がいい。使いこなせるとも思えぬからな」

泰山はほとんど迷うことなく、すぐに言った。

「まことか、医者先生よ」

それまで話に加わってこなかった小烏丸が、驚きの声を上げる。

「人知を超えた力だぞ。使いようによってはいくらでも望みが叶う。あの鬼もそう思って、医者先生にその力を授けたのであろうに」

「いや、本当に私には要らぬ力なんだ」

力強く言う泰山の気持ちは揺らがぬようであった。

その晩、一同は天草四郎の霊が現れるかとしばらく待っていたが、夜更けになっても音沙汰《おとさた》はなく、夜の四つ半にはとうとうあきらめ、寝所《しんじょ》に引き揚げた。

そして、何事もなく迎えた翌日の朝。

「竜晴、夢を見た。これが予知夢というやつなのか」

と、泰山が困惑気味に伝えてきた。

「どんな夢だった」

「例の墓守殿と天草四郎殿の姿が見えた。目が覚めた時にはそれしか覚えていなかったが……」

「場所はこの社だったか」

「……分からない」

泰山は首を横に振る。だが、墓守には天草四郎の霊を小烏神社へ案内してほしいと頼んでいたから、その実現を知らせる夢だったのではないか。

「もしお前が留守の間に墓守殿が来たら、お前の帰りを待ってもらうことにする」

と、竜晴は約束した。

「ああ、頼む。鬼が昼間出歩くのかどうかは分からぬが」

「まあ、逢魔《おうま》が時《とき》と言われる夕方以降が多いだろうがな」

「その頃ならば、私も帰ってこられるだろう」

そんな話を交わしながら、泰山は往診に出かける準備に取りかかった。

「ところで、今、紫苑の花はあるか」

薬箱の中身を確かめる泰山の背後から、竜晴は尋ねた。

「私の家の庭にはある」

泰山は手を止め、振り返って答える。

「ならば、今日持ってきてもらうことはできるだろうか」

「承知した」

と、泰山は理由も訊かずにうなずいた。それから用意の調った薬箱を背負い、往診に出かけていった。

その日の日暮れ前、泰山は根が付いた紫苑を一本、持ち帰ってきた。上の方で枝分かれした茎にはいくつもの花が咲いている。直前に抜いてきたものらしく、薄紫の可憐な花々はまだ生き生きして見えた。

竜晴は取りあえず、畑の端の方にでも植えておいてくれるよう、泰山に頼んだ。

「植え替えをするのは春頃か、もう少し経った秋の半ば過ぎがいいんだ」

よい時期になったら、小烏神社の畑をもう少し広げ、自宅の紫苑を移し替えたいと泰山は言う。

「薬草畑はお前に任せてあるから、好きにしてくれていい」

と、竜晴は縁側に腰かけて答えた。泰山は何かしていないと落ち着かないのか、畑の脇に屈み込んだまま、薬草でない草を抜き始める。

「役に立たない草を醜草《しこぐさ》と呼ぶのだが、紫苑は鬼の醜草とも呼ばれているんだ」

泰山は手を動かしながら言う。

「例の兄弟の話からつけられた異名だな」

「紫苑は役に立つ薬草なのに、まったくひどい異名だ」

泰山はどことなく怒ったような口ぶりで呟いた。その後、泰山は薬草畑の世話に打ち込み、竜晴も話しかけず、ただ縁側に座っていた。

秋の陽が落ちるのは思いがけないほど早い。やがて辺りは黄昏《たそがれ》の淡い光に染まった。物の輪郭があいまいになるその時を待ちかねていたかのように、小鳥神社に客がやって来た。

竜晴は縁側からすばやく立ち上がり、それに気づいた泰山も急いで腰を上げる。庭の端に現れたのは、青い肌を持つ墓守の鬼と、首を両手で抱え持つ天草四郎の霊であった。

「やあ、宮司さんに泰山さん、それに皆さん」

墓守は物慣れた様子で話しかけてきた。

「お捜しの方をお連れしましたよ。やはり、自分が誰か分かっておられないようですな」

と、四郎を目で示しながら言う。

四郎は首を胸の辺りまで高く掲げ、竜晴や泰山をしげしげと見つめてきたが、かつてここで会ったことは分からぬようであった。

「私は何者なのでしょう」

四郎は切なげな声で訴えかけるように問うた。

「この鬼が言うのです。ここに、私のことを知っている人がいると――」

竜晴は四郎たちの方へ進み出た。

「その通り。私はおぬしが何者なのか知っている」

「ならば教えてください。私は何者なのか」

竜晴は泰山に目を向け、「紫苑を渡してくれ」と頼んだ。泰山は紫苑をすぐに引き抜くと、竜晴に手渡す。

「この花をどうぞ」

竜晴は四郎に花を差し出した。四郎は首を片手で抱きかかえ、空いた方の手で紫苑の茎を握った。

輝ける光の一矢、地を焼きて、無明《むみょう》の闇を一掃せん
オン、ソリヤハラバヤ、ソワカ

竜晴はすかさず印を結んで、呪を唱える。

四郎の手にした紫苑の花が淡い紫色の優しい光を放ち始め、やがて四郎の全身を包み込んだ。

「おお、前にも同じようなことがあったな」

泰山が呟いたのは、忘れ草――萱草の花を四郎が手にした時のことを思い出したからだろう。あの時は柑子色のまばゆい光が、四郎を苦しみから救い出そうとした。今度はすべてを忘れてしまったその脳裡に、かつての大切な思い出をよみがえらせる。

「あぁぁー」

四郎が身もだえた。胸に片手で抱えられた首が今にも転げ落ちそうに見える。それでも、四郎はもう片方の手でつかんだ紫苑の花を離さなかった。

四郎は苦しみ続けていたが、やがて薄紫の光がうっすらと消え始めるのに伴い、苦しみも治まっていくようである。やがて、光がすっかり消えた時、紫苑の花もまた四郎の手から消え失せていた。

「……おもい……出した」

四郎が震える声で呟く。その眼差しには、それまでなかった強い光が宿っていた。

「自分が誰か、お分かりか」

「分かる。私は益田ふらんしすこだ。天草の出で、四郎時貞《ときさだ》と呼ばれていた」

しっかりとした口ぶりに、竜晴はうなずき返した。

「確かに思い出したようだ。では、訊こう。おぬしはかつてここへ来たことも覚えているか」

「覚えている。宮司殿は私の苦痛を取り除き、私をあの世へ送ってくださろうとした。だが、その時……」

四郎はその先を続けることができなかった。代わりに竜晴が口を開く。

「かつておぬしの仲間だった人々の霊が現れた。彼らの霊は怨念に染まり、怨霊と化していた。忘れ草を手に取り、穏やかになりかけていたおぬしは、仲間の怨霊に責められるまま、忘れ草を捨てた……」

「そうだ。忘れることなど許さぬと言われ、私は……」

四郎の表情が一変した。

「わ、私は……仲間をまた救えなかった」

「どういうことだ」

「仲間たちが平将門公の首塚を……」

「まさか、暴いたのか」

竜晴は鋭く問う。だが、同時におかしいとも感じていた。

怪異や妖、怨霊の類が平将門の首塚を暴こうとするのは、彼らの本性に従っての行為である。彼らは将門を味方につけ、もしくは将門の配下となり、この世を蹂躙《じゅうりん》したいのだろう。

ただし、生半可な力しか持たぬ怪異では、将門の大いなる力を前に消滅させられて終わるだけだ。だから、弱い妖や霊は近付くこともできない。竜晴たちに阻まれたとはいえ、八尾の妖狐が塚を暴こうと目論んだのは相応の自信があったからだ。

その後、将門の首塚は天海がしっかり見張ってくれている。暴かれたのであれば、天海から一報が入らぬはずがない。そこまで考えをめぐらした時、記憶の中に引っかかるものがあった。

（いや、一度だけ報告を受けたことがあったか）

塚に供えられた忘れ草が瓶から抜き取られていたという話を、竜晴は思い出した。だが、野犬のしわざだろうという報告だったし、塚そのものに異変はなかったとも聞いている。

「暴いてはいない……はずだ」

やや沈黙した後、四郎はあいまいな物言いで答えた。

「彼らが将門公の首塚の石に手をかけたのは一瞬だけだ。私は手を触れていないが、近くにいただけで激しい衝撃に打たれた。あの時、彼らは将門公の怒りに触れてしまったのだ」

「将門公の声を聞いたのか、それとも姿を見たのか」

「声を聞いただけだ。『痴れ者どもめ！』と叱られ、『我が眠りを妨げた罪、思い知るがいい』と——。次の一瞬で、仲間たちの気配は消え失せた」

四郎は恐ろしそうに声を震わせ、疲れたように口をつぐんだ。

四郎の仲間たちの霊は、将門によって瞬時に消滅させられたのだろう。それほどに霊としての力の差は著しいということだ。

仲間たちを失った四郎は、苦痛から逃れるため忘れ草を手にし、その後は記憶を失ってさすらっていたという。

「おぬしは将門公の声を聞いたというが、それは公がよみがえったことになりはしまいか」

「声は確かに聞いたが、墓石は寸毫《すんごう》も動いていなかった。声が聞こえたのは仲間たちが墓石に触れたからだと思う」

「つまり、墓石を動かす前に、その怒りに触れて怨霊たちは消滅させられ、四郎殿だけが目こぼしされたということか」

竜晴は考えをまとめながら言うと、それまで黙っていた鬼の墓守が口を開いた。

「平将門公の封印についちゃ、俺たちの間でも評判になってます。聞いたところじゃ、首塚にかけられた封印は強いもので、中途半端な力しか持たぬ連中じゃ、暴けねえってことです。それに、将門公は憑代《よりしろ》がなけりゃ墓から出てこられねえそうですぜ」

「憑代だと?」

竜晴は身を乗り出して訊き返した。

「へい。その憑代ってのも、人間なら誰でもいいってわけじゃなくて、ちゃんとそれに耐えられる器でないと駄目なんだとか。ふつうの人間だと、将門公の器としての用を為さず、器の方が壊れちまうんだそうで」

墓守の言葉を聞きながら、竜晴は思いめぐらしていた。

――将門の器。

八尾の妖狐が伊勢貞衡をそう呼んでいたことは、ずっと竜晴の脳裡に引っかかっている。さらに、貞衡は姿の見えぬ誰かから呼ばれる夢を見続けていた。

「器が見つからなければ、将門公はよみがえれないということだな」

四郎はひどく切羽詰まった様子で墓守に問いただした。

「たぶんな」

四郎に対する墓守の言葉遣いは少しばかりぞんざいである。

「では、あの方が荒ぶる神となって、この町を蹂躙することは避けられるのだな」

蒼白い顔に刻まれた苦悩が少しばかり和らいだように見える。竜晴はその四郎の顔をじっと見据え、

「おぬしには江戸の人々を案じる心があるのだな」

と、訊いた。四郎は少し間を置いてから、おもむろに口を開く。

「正直、江戸へ来て驚いた。私の故郷の人々より、ずっと楽しげで豊かだからだ。私たちが腹を空かせ、木の枝を齧《かじ》っていた時、ここの人々は享楽にふけっていた。仲間の中には、江戸を焼き滅ぼしてやろうと言う者もいた。この町の連中にも同じ苦しみを与えてやりたいと涙する者もいた。そうした者たちが将門公をよみがえらせようとしたのだ。私は反対したが、彼らの気持ちも分からぬわけではない……」

「……そうか」

「しかし、自らの痛みに対して報復を行えば、今度はこちらが報復される。それが延々とくり返されるだけだ。神は決してそれをお許しにはならない」

四郎は空いている手で十字を切り、静かに目を閉じている。

「四郎殿」

竜晴は静かに呼びかけた。

「おぬしはもうあの世へ渡るべきであろう。かつて、この社を訪ねてきた時のおぬしは自責の念に苦しみ、あの世へ渡れずにいた。それゆえ私は忘れ草を渡したが、今はどうか。生きていた時の記憶も死して後の記憶も、すべて心に留まっているはずだが……」

「今の私には何一つ忘れたいことなどない。ご心配をおかけした」

四郎は目を開け、迷いを持たぬ口ぶりで告げた。

「そうか。では、私がおぬしをあの世へ送ろう。おぬしが望むあの世へと渡れるはずだ」

「ありがたい。信ずる神は違うが、あなたに恵みのあらんことを」

四郎のまっすぐな目にうなずき、竜晴は印を結んだ。

「悪事も一言、善事も一言。一言で言い離《はな》つ神、葛城《かつらぎ》の一言主」

四郎は祈りを捧げるふうに目を閉じている。その全身はうっすらと白い光に包まれ始めていた。

「信ずる神は違えども、まことを見抜けぬ神などおらぬ。天草四郎時貞殿、おぬしの慈愛はまことのものだ。神は慈しみを嘉す」

竜晴は高らかに言い放ち、印を結んだ手を暮れなずむ空へと振り上げた。その指先に導かれるように、四郎を包んでいた白光が軌跡を描きながら空へと駆け上っていく。

竜晴が手を戻した時、庭先に四郎の姿はもうなかった。

三

天草四郎の霊があの世へ渡った後、庭はしんと静まり返った。黄昏の光も今はすっかり消え、静寂が身に沁みて感じられる。虫が賑やかに鳴く季節であったが、今は人ならぬ鬼がいるせいか、鳴き声がまったく聞こえてこない。

「まずは、墓守殿。天草四郎の霊を導いてくれたこと、感謝する」

竜晴は墓守に告げた。

「実は、泰山からおぬしに訊きたいことがあるそうなので、中へ上がってもらえないだろうか」

「へい。それじゃ、お邪魔します」

墓守は素直に言って、竜晴と泰山のあとに続き、居間へ上がった。小烏丸、抜丸もその姿のまま中へ入り、最後に玉水が障子を閉める。

「泰山、お前から尋ねるといい」

竜晴が促すと、泰山は生真面目な表情でうなずき、墓守に目を向けた。

「実は先日から、頭に浮かぶ光景が現実となることが続いている。昨日は夢に、墓守殿と天草四郎殿が現れた。それで近いうちに、二人と再会するのではないかと思っていたら、こうなった。つまり、私は予知ができるようになったのだと思う」

「でしょうな。その力は俺が与えたもんですから」

　あっさりと、墓守は打ち明けた。

「遠い昔、泰山さんと同じような孝行息子に、同じ力を与えてやったことがありました。その人は夢に見るだけでしたから、泰山さんの力の方が強いようですな」

　と、満足そうに泰山を見やりながら言う。

「いや、予知の力など、私には必要ない。これは人には過ぎた力だよ。私は墓守殿にこの力を返したいと思っているのだ」

「えぇーっ！」

　泰山の言葉に、墓守はのけぞらんばかりに驚いた。

「予知の力が要らないですって！　そんなことを言う人間がいるんですかい？」

「泰山はそういう男だ。私は別に驚かなかった」

　竜晴が言い添えると、「うむ。我も初めは驚いたが、よく考えれば医者先生らしい」と小鳥丸が言い、抜丸と玉水もうなずき合う。

「何と。泰山さんは変わり者なんですなあ」

墓守は黄金色の目をぱちくりさせた。

「前にこの力を与えたお人は喜んで使っていましたけどね。そのお蔭で、仕事も順調、金にも困らず災難も免れて、いい人生を送ってましたぜ」

「他人《ひと》はともかく、私は要らないんだ。さあ、この力を取り除いてくれ」

「いやあ、困りましたなあ」

墓守は手を頭にやって言った。

「俺は力を与えることはできても、奪うことはできないんで」

「何だって。それじゃあ、私はずっとこの力を持って生きていくことになるのか」

「いえ、力はやがて消えるものです。前のお人の時は、俺が力を与え続けてたんで、死ぬまで使えてましたけど」

「それじゃあ、墓守殿が与えるのをやめれば、しばらくして、この力は使えなくなるというわけだな」

泰山は少し安心した表情を見せる。

「それは、どのくらいでなくなるのだろう」

「まあ、人にもよりますが、一年もすれば完全になくなるんじゃないかと」

墓守は気軽な調子で答えた。

「一年か……」

長いと思うべきか、短いと思うべきか、悩む様子で泰山は呟いている。

「そんなにかまえず、もっと気楽に考えたらいいんじゃないですかい？　その力、泰山さんの暮らしを楽しく豊かなものにしてくれるのは間違いないんですから」

「だが、ずるいことをしているようで、落ち着かないのだ」

泰山はきまり悪そうな面持ちで言う。

「はあ、ずるいですか」

墓守は理解できないという表情であきれている。

「人知を超えた力をずるいと言うなら、私の力もまた、ずるいことになるかもしれぬ。お前はその力を使って、小烏丸や抜丸と話をしているわけだが……」

「お前の力は人のためになることだ。小烏丸や抜丸殿と話をするのも、ずるいことにはならないだろう」

泰山は真面目な顔つきで、竜晴に抗弁する。

「ならば、お前も人のために力を使えばいい。お前一人が利することに気が咎めるなら、そうした予知は無視して、誰かを助ける予知のみ活用すればよかろう。要は使いどころだ」

「なるほど、使いどころか。確かにな」

竜晴の言葉に納得した様子で、泰山の表情は少し明るくなった。

「ふうむ。宮司さんのおっしゃることには従うんですな」

感じ入ったふうに墓守が言う。

「なら、泰山さんが喜ぶように、他の人の先行きがもうちょいと見えるようにして差し上げましょう」

「そ、そうか。まあ、患者さんの容態がどうなるか、事前に分かるのは確かに悪くない」

泰山は己を納得させるように言った。

墓守は泰山の額に己の人差し指をこつんと当てた。長く伸びた爪の先がうっすらと光ったかと思うと、一瞬で消えた。

「まあ、泰山さんの気が変わったら、この先も力を付与しますんで。これからもちょくちょく伺わせてもらっていいですかね」

墓守はすっかり小鳥神社に馴染んだ様子で言う。

「おぬしはこの社に宿る呪力を浴びたいだけであろう?」

抜丸が厳しい物言いを向けた。

「あれ、お分かりに? ですが、それだけじゃありませんぜ。宮司さんや泰山さんとお会いしたい気持ちからでもあるんで」

墓守はぬけぬけと言う。

「それはかまわぬが、そういうことならば、一つ、泰山の憂いを取り除いてやってほしい」

竜晴が言うと、「へ? 泰山さんの憂いって何ですか」と墓守はまじまじと泰山の顔を見つめた。

「兄君のことを話すといい、泰山」

竜晴は勧めた。

「うむ。前に、墓守殿を怒らせるような相手には災いをもたらすと言っていただろう。あの話が気になっている。もしや、私の兄にそれをするつもりなのではないかと思ってな」

「ああ、親不孝者のお兄さんですな」

墓守は眉をひそめた。

「兄をひどい目に遭わせるのは少し待ってくれ。どこにいるかも分からないが、居場所が分かったら、私からよく言って聞かせるつもりだ。せめて父の墓参りはするよう説得する」

「人の気質はなかなか変わらないと思いますけどね。ただ、俺だって、居場所が分からない人間に災いをもたらすことはできませんや」

「そうなのか」

泰山はきょとんとして訊き返した。

「へい。ま、ちょいと痛い目に遭わせてやりたい気持ちはありますが、居場所が分からなけりゃどうにもなりませんで。もっとも、お兄さんが再び墓に訪れて、お父さんに無礼な真似でも働いたなら、俺も黙っちゃいませんが」

「忘れ草を供えるのも無礼なのか」

「俺にとっちゃそうです。忘れられるって悲しいもんでしょ？　たとえ本人が生前、忘れていいと言っていても、それを理由に忘れていいわけないでしょうが。忘れていいなんてのは、忘れられる方が悲しみをまぎらすために使うことはあっても、忘れる側が言い訳にしていい言葉じゃないんです」

それまで墓守が口にしたどの言葉よりも、真面目で心のこもったものに聞こえた。

「そうだな。墓守殿の言う通りだ」

泰山は己に言い聞かせるように言った後、墓守にまっすぐな目を向けた。

「もう兄にそんな親不孝な真似はさせない。だから、もしこの先、墓守殿が兄に罰を与えようと思う時があったら、その時は私に教えてくれ。まずは私がきちんと説教する。それでも無理なら、あとは墓守殿に任せよう」

「分かりました。他ならぬ泰山さんの頼みですから聞きましょう。ま、二度と会わないってのが、俺にとっても泰山さんにとってもいいように思いますがね」

墓守はさばさばした口調で言うが、泰山は無言であった。

こうして泰山と墓守の話は終わり、墓守はしばらくしてから「また来ますんで」と言い置き、帰っていった。

「このお社は、人でないお客さんがどんどん増えていきますね」

玉水が庭から帰っていく墓守を見送りながら言う。

夜の帳《とばり》の下りた庭では、いつしか虫たちが鳴き始めていた。

六章　将軍の鷹狩り

一

やがて秋も深まり、夜の庭では虫の声が絶えず聞かれるようになった。澄んだ秋の夜空に照る月は美しい。そうして迎えた八月の十五夜、小烏神社ではささやかな虫聞きの会が催された。

「紫苑は十五夜草《じゅうごやそう》ともいうから」

泰山が自宅の庭から紫苑の切り花を持ってきて、玉水を喜ばせた。

「これ、薬としても使われるんですよね。ここの社には植えないんですか」

玉水は紫苑を物欲しそうに見つめている。

「ああ、竜晴にも相談して許しをもらったので、ぜひここでも紫苑を育てたい。ただ、植え替えの時期は花が終わった頃なんだ」

「そうなんですか。それじゃあ、来年はこの社で紫苑の花を見られますね。楽しみです」

玉水は薄紫の花を瓶に活けて居間《いま》に飾り、しばらくの間、楽しんでいたようだ。

それから半月があっという間に流れ、暦は九月を迎えた。かねてから天海が懸念していた将軍の鷹狩りまで、あとひと月である。

「中止を進言した方がよいだろうか」

この時になってもなお、天海は真剣に思い悩んでいた。天草四郎の仲間の霊が将門の首塚に手をかけたことがどうも気にかかる、というのである。

首塚自体は暴かれていないし、天草四郎の霊も竜晴があの世へ送っていたから、中止を進言する理由としてはいささか弱い。ましてや、去年に引き続いての中止となれば、さまざまな障りもある。

この時、竜晴は一計を案じた。

「こんな時こそ、泰山が授かった予知の力を使うべきでしょう」

と、天海に持ちかけたのである。

「万一、物騒な予知が見えた時は、大僧正さまから公方《くぼう》さまに鷹狩り中止を進言なさってください。特に何もなければ、安心してよいかと存じます」

天海もその案を承知したので、竜晴は泰山に力を貸してほしいと頼んだ。

「もちろん力になりたいが、予知は見ようとして見られるものではないぞ」

初め泰山は困惑していたが、その後、小烏神社へやって来た墓守の鬼に尋ねてみると、

「予知の力は、日頃と違う出来事が起こる時、発揮されるもんですぜ」

との返事であった。

今度の場合、泰山自身が医者として狩りに加わるので、たとえば大惨事でも起きるのなら、その場面が頭に浮かぶか、予知夢で見ることになるという。

「それでは、泰山が関わらない小さな事件などはどうなる？　確か、他人の先行きを見る力を、泰山は授かっていたようだが……」

竜晴が尋ねると、「へい」と墓守はうなずいた。

「その場合は、ご本人さんを目の前にした時、見えるはずですよ」

竜晴と天海が気にかけているのは、平将門の脅威である。誰よりもその身が案じられるのは、その器と言われた伊勢貞衡であった。ならば、泰山を事前に貞衡と会

わせればよい。そこで、竜晴は泰山に目を向けると、

「ところで、お前は一両日のうちに起きることしか見えないと前に言っていたが、今もそうか」

と、尋ねた。

「そうだな。ここのところ、大した予知は見ていないが……」

首をかしげている泰山に代わり、墓守が答える。

「大きな出来事なら、何日か先のことでも見えるはずですぜ。それに、お望みなら力を強くすることもできますが……」

「ならば、そうしてくれ。数日と言わず、ひと月先のことでも見られるように」

泰山は迷わずに言った。

「待て。お前はその力をなしにしたいと言っていたであろう？」

引き止める竜晴に、泰山はきっぱりと首を横に振る。

「これは、伊勢のお殿さまをお守りするための策なのだろう。そのためならば、喜んで力をお貸しするし、むしろそうしたいんだ」

「さすがは泰山さんですなあ。いやあ、そういうところが亡きお父さんにそっくり

で」

　墓守の鬼も感激しているようだ。こうして、墓守によって泰山の予知の力はより強固なものとなり、少し先の出来事も見られるようになった。

　この状態で泰山が貞衡に対面すれば、はっきりしたことが分かるはずである。

　そこで、九月も十日を過ぎた頃、竜晴と泰山は貞衡の屋敷へ出向いた。表向きは、鷹狩りの際、貞衡の供回りとして加えてもらうことへの挨拶である。この時、

「鷹狩りの装束を着たお殿さまが、アサマを空へ飛ばす姿が見えた」

　と、泰山は言った。

「伊勢殿が危ない目に遭うような姿は見えなかったのだな」

　念のために尋ねる竜晴に、泰山はうなずいた。それでも、自分の力を信用していない様子で、「一度だけでは不安だ」と泰山は訴える。

「そうは言っても、毎日伊勢殿と対面するわけにもいくまい」

「なら、アサマと対面すればいいんじゃないか」

　その時、傍らで話を聞いていた小烏丸が言い出した。

　アサマは鷹狩りの間、貞衡と行を共にするはずである。貞衡の身に何かが起きる

のなら、アサマも巻き込まれると見ていいだろう。

「お前にしては驚くほど冴えた考えだ」

抜丸が褒めているのかけなしているのか分からぬ感想を述べた。

「ふんっ、我が冴えているのは今に限ったことではない」

と、小烏丸は憎らしげに言い返していたが、その目の奥には貞衡を案じる色が浮かんでいる。かつての主人であった平重盛によく似た貞衡の身を、何とかして守りたいと思う気持ちは誰よりも深いのだ。

同じ気持ちのアサマと泰山がそれを承知しないわけがなく、以来、アサマは小烏神社に日参することになった。予知は見える日と見えぬ日があったが、泰山の脳裡に浮かんだのはアサマが数々の獲物を捕らえる姿ばかり。アサマや貞衡が災難に見舞われる姿は、まったく見えなかったという。

「これならば、実施なさっても問題はないでしょう」

十月になる前に、竜晴は結果を天海に伝え、天海も中止の進言はしないと言った。仏に仕える身である天海は鷹狩りには同行しないそうだが、

「上さまのこと、伊勢殿のこと、くれぐれもよろしくお頼み申す」

と、竜晴に深く頭を下げた。

そして、迎えた鷹狩り当日の十月十日、初冬の空は気持ちよく晴れ上がった。

この日、貞衡の供回りに加えられた竜晴と泰山は、伊勢家の屋敷から鷹狩りに同行した。

行き先は目黒《めぐろ》、将軍の御鷹場《おたかば》である。三代将軍徳川家光《いえみつ》はこれまでにも目黒での鷹狩りを行っており、ここの瀧泉寺《りゅうせんじ》、通称目黒不動は家光の帰依《きえ》を受け、堂塔伽藍《どうとうがらん》の再建も行われたという。

今回の鷹狩りでも、家光は瀧泉寺に参拝した。家光が供応を受け、住職と歓談している間、他の者たちは境内の外で待たされることになる。

「目黒の御鷹場は上さまにとってご縁の深い場所でしてな。かつて、上さまの御鷹が飛び立ったまま行方知れずになったのですが、ここの不動尊に祈願なさると、無事に帰ってきて、本堂前の松の木にとまったのです。それ以来、その松の木は『鷹《たか》居《すえ》の松《まつ》』と呼ばれるようになりました」

貞衡が言うと、鷹匠三郎兵衛の腕にとまっているアサマが「愚かな鷹もいたものだ」と鳴いた。

「将軍の鷹だろうが、それがしに勝るものなどおらぬ」

いっそう高らかに鳴き立てるその言葉を、竜晴たちは聞き取ることができる。

実はこの日、竜晴は念のため、抜丸の本体を持ってきていたのだが、

──ずいぶんと自信満々ですね。まるで小烏丸を見るようです。

と、本体に入っている抜丸はあきれ気味であった。

──まあ、久々の狩りで昂っているのだろう。

と、竜晴は思念を送って返した。

その小烏丸だが、今日は玉水と一緒に留守番である。抜丸が竜晴についていくと知り、自分も目黒へ飛んでいくつもりになっていたのだが、「鷹狩りの場には行かぬ方がよいと思うぞ」と竜晴はたしなめた。鷹狩りをひどく恐れている玉水も、

「そうですよ。狩り場になんて行くもんじゃありません。小烏丸さん、間違って狩られちゃったらどうするんです」と必死になって止めた。

かつて鷹に襲われた経験のある小烏丸は、いろいろ言われるうち不安が募ってきたものか、最後には留守番を承知したのであった。

「アサマはずいぶんやる気のようだな」

泰山が竜晴に小声でささやいてきた。抜丸の思念の声は届かぬものの、アサマの声は人語として聞き取れるのである。

「ああ。お前の予知の通りになるなら、アサマは大活躍するのだろう」

と、竜晴も小声で返した。

その時、銀と黒の毛色の大きな犬が堂々とした足取りでこちらへ向かってくることに、竜晴は気づいた。

「あれは、獅子王殿か」

「はて、どことなく見覚えが……」

竜晴の傍らで、貞衡が首をかしげていたが、ややあって思い出したふうに手を打った。

「そういえば、かつて賀茂殿が寛永寺に連れてこられた犬ではありませぬか」

鵺と戦う間際のことであり、その際、貞衡も獅子王を目にしている。だが、獅子王が旗本土岐《とき》家の飼い犬とまでは伝えていなかったはずだ。今は貞衡も付喪神の存在を知っているのだから、これを機に教えておいた方がよいだろうと竜晴は判断した。

「ところで、この鷹狩りに旗本土岐家のご当主は加わっておられますか」

念のため貞衡に尋ねると、土岐頼勝《よりかつ》が将軍の供を申し出て許された、とのことである。

「これは、宮司殿に医者先生。稀有《けう》なところでお会いする」

獅子王は竜晴に挨拶してきた。言葉は分かるが、これにまともに返せば、周りから妙に思われる。返事を控えていた竜晴たちに代わって、

「何と、おぬし、御鷹犬《おたかいぬ》だったのか」

アサマが話しかけた。小烏神社ですでに顔なじみの二柱である。

御鷹犬とは、身分の高い人物に飼われ、鷹狩りで獲物を追い立てる役の犬のことだ。

「御鷹犬として飼われているわけではないが、獲物を追い立てることくらい、俺さまには造作《ぞうさ》もない」

もともとその名のごとく王者の風格を持つ獅子王だが、今日はいつも以上に威張っている。

「ほほう。今日は主に活躍させるつもりで参ったということか」

アサマが挑発するように言う。

「さよう。俺さまが主に暗示をかけて、将軍の鷹狩りに加えてもらえるよう進言させた。無論、主は気づいておらぬ。しかし、そんな真似をさせた以上、恥をかかせるわけにはまいらぬ」

「鷹狩りの要は犬ではなく鷹である。いくらおぬしが有能でも、肝心の鷹が能無しでは獲物は狩れぬ。この鷹狩りで活躍し、将軍からお褒めの言葉を頂戴するのは我が主ぞ」

アサマが誇らしげに空に向かって鳴いた。

「何の、おぬしのもとには御鷹犬がおらぬではないか。俺さまは人間の勢子《せこ》ごときに負けるものではないぞ」

アサマと獅子王の応酬は次第に激しさを増していく。

「実は、この犬も付喪神でして」

竜晴は付喪神の存在を知る貞衡にだけ聞こえるよう、小声で告げた。

「何と。この犬が……」

「はい。土岐家のご当主が所持する太刀獅子王の付喪神です。おそらく、今日は土岐さまのお供をしてまいったのでしょう。飼い犬としての名は存じませんが」

などと話しているうち、数人の侍たちが大慌てでこちらに近付いてきた。

「当家の犬が勝手に動き回ってしまい、ご迷惑をおかけいたしました」

御鷹犬の世話役たちだろう、恐縮した様子で貞衡に謝っている。

「いや、ご立派な御鷹犬ですな」

貞衡がそつなく受けた。

「はい。我が主自慢の犬でございます。大変賢い犬で、我々を困らせるようなことなどふだんはないのですが」

「俺さまがおぬしらを困らせたことなど一度もないわ」

獅子王が世話役たちに向かって吠えた。

「さあ、獅子丸《ししまる》、戻るぞ。殿が心配しておられる」

世話役から促されると、獅子王はさすがに吠えるのをやめた。

「ほう、獅子丸という名なのですか」

貞衡が何げなく問うと、世話役の侍はうなずいた。

「はい。当家で飼う犬は、代々そう名付けられることになっておりまして」

獅子王は世話役に連れられ、自分の主人のもとへ戻っていった。

「いやはや。付喪神を飼っている家など当家だけかと思っていたが、他にもあったとは驚きました」

貞衡が声を潜めて竜晴に言う。

「代々伝わる品をお持ちの名家には、そういうこともあるようです。ただし、土岐家のご当主は何も知らないはずですので、そのおつもりでお願いいたします」

「うむ。そうであろう。それがしも賀茂殿から知らせていただくまで、アサマが付喪神などとは思いもせなんだゆえ」

「我が主よ」

と、その時、アサマが鳴いた。

「犬の付喪神などに負けるわけにはいかぬ。それがしが何としても主を勝たせて差し上げますぞ」

羽を広げて言うものだから、三郎兵衛が慌てている。

「何と言ったのでしょう」

貞衡から問われ、

「伊勢殿を何としても勝たせる、と言っていますね」

と、竜晴は答えた。

「それは、頼もしい」

貞衡は晴れやかな笑顔になって言った。

二

将軍一行が目黒不動への参拝を終えると、鷹狩りの一団は御鷹場の林へと向かった。

鷹狩りで最も手柄とされる獲物は鶴だという。縁起のよい鳥でもあり、将軍が狩った場合は大名や旗本たちに下賜《かし》されたり、将軍自身の膳に供されたりする。

「鶴の一羽や二羽、造作もない」

アサマの大言壮語は相変わらずだが、貞衡によれば鶴を狩るのは難しいそうで、

「雉《きじ》やひばり、兎や狐などが狙い目ですな」

とのことであった。

鷹狩りに加わらない竜晴の役目は、その間、周囲に妙な気配がないかどうか見張ることである。本体の刀に宿っている抜丸にも、何かあればすぐに知らせるよう言い聞かせてあった。

一方、泰山の務めは、怪我人が出た時の治療である。「鷹がつかまえた獲物の治療をするのではないぞ」と小烏丸にからかわれ、「いくら私でもわきまえている」と返していたが、「狐さんも見捨てるんですか」と玉水から言われた時は閉口していたようだ。

アサマが狐を狩らないことを願うしかない。

貞衡はアサマの本体である弓矢を背負い、狩りに備えていた。貞衡が乗るための馬は用意されていたが、林の中では馬は使わない。

獲物を追い立てるのは、勢子や犬の役目だが、伊勢家では勢子がそれを担っていた。

「ホーイ、ホイ、ホイ」

勢子たちの声や、荒々しい犬の鳴き声が御鷹場のあちこちから聞こえてくる。それからほどなくすると、バサバサッと緊迫感を伴った羽音がして、獲物が空へ飛び上がるのだ。

伊勢家の勢子たちが初めに追い立てたのは、雉であった。

命の限りとばかりに、雉が空へ逃げ去っていく。

「行け」

三郎兵衛がアサマを空に放った。同時に、アサマが勢いよく飛翔する。

獲物へ向かってまっしぐらに――。そして瞬く間に雉に追いついた。

鋭いかぎ爪が雉の羽を引っかき、胴を裂く。アサマは獲物を捕らえたまま急降下した。

着地すると思われる場所にはあらかじめ待機する役目の侍たちがいる。鷹が狙い通りの場所に下りてこなければ、人がそちらへ全力疾走しなければならない。

この侍たちが鷹を獲物から引き離し、獲物を確保するというわけだ。

勢子はもちろん、待ち受ける者たちもかなり激しい動きを強いられるわけで、それは鷹と共に動く鷹匠やその主人も同じことだ。今や戦乱の世でなくなったとはいえ、昨年から今年にかけては島原の乱も起きており、鷹狩りはいざという時に備え、武士たちの鍛錬をも兼ねているのである。

竜晴や泰山は常に貞衡と共に行動した。貞衡は鷹匠の三郎兵衛を常に脇から離さず、時には自らの腕にアサマをとまらせ、自分でアサマを放つこともあった。

三郎兵衛は大きな獲物が現れた際、貞衡が上手くアサマを放てるよう、勢子との連携に気を配っているようだ。伊勢家の鷹狩りはアサマが張り切っていたこともあり、かなり順調であった。

雉に始まり、ひばりや兎などを次々に仕留めていく。

貞衡も兎に矢を放ち、見事射止めた。

そうこうするうち、ようやく待ちに待った鶴発見との知らせが入る。勢子は追い立てる前に知らせてきており、呼吸を合わせてアサマを空へ放たなければならない。

「殿」

三郎兵衛はアサマを貞衡の手に渡した。

「うむ」

貞衡がこの日いちばんの緊張した面持ちで、アサマを受け取る。

——我が主よ。ご心配召さるな。

もちろんアサマは鳴かないが、その鋭い眼差しは何よりも雄弁であった。

やがて、「ホーイ、ホイ」という勢子の声が聞こえ、鶴が舞い上がった。

白く美しい翼を広げたその姿が青い空に映える。

「行け、アサマよ！」

貞衡が声を上げた時にはもう、アサマは飛び立っていた。

アサマの焦げ茶色の羽が雄々しく風を切り、見る見るうちに鶴との距離を詰めていく。

「ケーン」

危機の迫った鶴の必死の鳴き声が上空に響き渡る。

その時にはもう、アサマのかぎ爪が鶴の体にかかっていた。鶴が体勢を崩したところへ、アサマが襲いかかる。

アサマは獲物をしっかりと捕らえて、地上へ降り立った。

「我が主よ。獲物を受け取られよ」

アサマはたくましい声で高らかに鳴いた。

そのアサマの鳴き声を、竜晴と泰山はそちらへ向かう途中で聞いた。貞衡はすでにかなり先を進んでおり、あとを追う形である。

——やっと見つけたぞ。

その時、竜晴は何者かの声を聞いた。途端に足を止める。

「どうした」

傍らを行く泰山が不思議そうに立ち止まって訊いてきた。

「今、声が聞こえなかったか？」

竜晴が問うと、「アサマの声だろう」と泰山は何でもない様子で答える。

泰山は竜晴の術により、アサマの鳴き声を人語として聞き取ることができるが、それ以外には何も聞いていないということか。

——抜丸よ、お前はどうだ。何か聞いたか。

竜晴は刀の抜丸に手を置き、思念で問うたが、

——いえ。私もアサマの声より他には。

という返答である。

念のため、竜晴たちの後ろを守っている侍たちに、人の声が聞こえなかったかと確かめてみたが、彼らは不思議そうに首を横に振るばかりであった。

竜晴はさらに周辺の気を探ってみたが、怪しい気配は特にない。

「失礼しました。参りましょう」

竜晴は侍たちに言い、その足で貞衡とアサマたちのもとへ向かった。

アサマが降り立った場所へ到着すると、すでに獲物の鶴は捕獲されていた。アサマは貞衡の腕にとまり、頭を撫でてもらっている。

「おお、宮司殿に医者先生」

アサマは喜びを隠し切れない様子だ。

「それがしの雄姿を見てくださったか」

竜晴は無言でアサマにうなずいてみせた。

大きな獲物を仕留めたばかりで、昂奮気味のアサマも不審な声は聞いていないらしい。ところが、この時、貞衡がアサマの頭を撫でる手を止め、竜晴に少し困惑気味の目を向けてきた。アサマを三郎兵衛に託した貞衡は竜晴のそばへ来るなり、

「アサマが地面に降り立った時、妙な声を聞いたように思うのですが」

と、小声で言った。

「もしや、『やっと見つけたぞ』という声でしょうか」

竜晴も小声で訊き返すと、貞衡は目を瞠った。

「その通りです。賀茂殿もお聞きであったか」

「どうやら、他の者には聞こえなかったようです」

「付喪神の声を聞き取れる立花先生には聞こえず、それがしに聞こえたということは……」

「付喪神の声ではなかったのでしょう。それに、鳥獣の形をした付喪神の声は人語として聞き取れぬだけで、誰にでも聞こえるものですから」

確かにそうだと、貞衡はうなずいたが、

「では、あれは何なのでしょうか」

と、不安げな目の色になった。

「私にも分かりません。怪しげなものの気配はありませんので、これまで以上に用心しつつ、鷹狩りを続けてください。アサマにも用心を促しておきましょう」

竜晴が言うと、貞衡はアサマを竜晴の手にとまらせるよう、三郎兵衛に命じてくれた。

「大事ございませんか」

三郎兵衛は竜晴に心配そうな目を向けるが、何かあろうはずがない。

「実は、たった今、伊勢殿と私が妙な声を聞いた。抜丸も聞いていないと言うが、おぬしも聞いていないだろうな」

竜晴の言葉に、アサマは昂奮も冷めたような様子になり、聞いていないと神妙に答えた。

「うむ。おぬしは狩りに熱中していたゆえ、無理はないし、そもそも伊勢殿と私にしか聞こえなかったのかもしれない。特に怪しい気配はないが、いっそう用心はしてくれ」

「分かった」

アサマは控えめの声で重々しく言った。

「鶴を仕留めたゆえ、あとはのんびりやるつもりだ。獲物を仕留めすぎて、将軍より成果を上げてしまうと、これも我が主の面目をつぶすことになるのでな」

「宮仕えの苦労を知っているとは、おぬしはよくできた付喪神だな」

竜晴は感心して呟いた。

「主に仕える身として当たり前のことだ」

アサマは得々と言う。抜丸の刀身が何となく気に入らないという様子で、鞘《さや》の中でかたかたと音を立てた。

三

その後も鷹狩りは続けられたが、何事もなく、昼の八つ過ぎに終わりとなった。御鷹場に散っていた人々は将軍のもとに集められ、成果が報告された後、行きと同様に隊列を整え、帰路へ就くこととなる。

この時、将軍が目黒へ鷹狩りに赴いた際の習いとして、茶屋へ立ち寄ることになった。近くの農夫が営んでいるという小さな茶屋である。将軍が立ち寄るのに似つかわしい茶屋とは見えなかったが、

「ここは上さまのお気に入りでして」

と、貞衡が教えてくれた。

将軍と近習《きんじゅ》たちが茶を飲む間、他の者たちは近くで待たされることになる。その間に、貞衡は将軍家光と目黒の茶屋との関わりについて語った。

「茶屋の主人は彦四郎《ひこしろう》と申しまして、あそこで茶を運んでいる者です」

貞衡の言葉で茶屋の方をうかがうと、背中の曲がった老人の姿が見えた。

「上さまはかつて目黒で鷹狩りを行った際、たいそう空腹を覚えられ、とにかく何でもいいから食べさせてくれと彦四郎の茶屋に立ち寄られたのです。といって、茶屋は上さまが召し上がるような料理をお出しする店ではありません。近くの農家を駆け回り、何とか見つけてきた秋刀魚《さんま》を焼いてお出ししたのですが、上さまはたいそうお気に召されましてな」

以来、将軍は彦四郎を「爺《じい》」と呼び、目黒へ鷹狩りに来た際には必ず立ち寄るようになったそうだ。

「実は、この話には続きがございまして」

あまり大きな声では言えないのだが、と貞衡は声を落として、竜晴と泰山にだけ聞こえるように言う。

「上さまは秋刀魚をいたく気に入られ、ある時、城内でも食べたいとおっしゃったのです。秋刀魚は民の食べる魚ですから、上さまの御膳などにお出ししたことはありません。とはいえ、上さまのたっての望みというので、蒸したものをお出ししました。上さまは『これはどこの魚だ』とお尋ねになり、料理人は『銚子沖《ちょうしおき》で獲れたものです』と答えたのですが、上さまは『それはいかぬ。秋刀魚は目黒の産でなければ』とおっしゃったそうですよ。まあ、作り話かもしれませんが」

貞衡は声を殺して笑っている。

「なるほど。この目黒に、秋刀魚の獲れる海があると思われたのですね」

竜晴は林と田畑しかない周辺を見回しながら言った。

「いや、さすがに目黒へ直《じか》に足を運ばれているので、上さまなりの軽口だったのかもしれませぬ。それだけ、目黒で食べた秋刀魚が美味かったとおっしゃりたかったのでしょう」

と、最後は生真面目な顔で、貞衡は話を終えた。

そうこうするうち、茶屋の中にいた将軍の若い近習が、貞衡のもとへやって来た。

「上さまが伊勢さまをお呼びでございますので、お越しくださいませ」

「何と、上さまがそれがしを——？」

貞衡はたちまち緊張した面持ちになり、「お召しゆえ行ってまいります」と竜晴たちに断り、家臣を一人だけ連れて茶屋の方へ向かった。

「どうして、それがしを呼んでくれないのだ」

アサマが不満そうに鳴いている。

貞衡が呼ばれたのは、この度の鷹狩りの成果に対する褒め言葉を頂戴するため、と考えているようだ。

「まあまあ、そう不平を言うな。殿が褒められるということは、お前が褒められたも同じこと」

この時ばかりはアサマの内心を正確に汲み取ったものか、三郎兵衛がアサマをなだめている。

「すごいですね。三郎兵衛さんはアサマの言うことが分かるみたいだ」

泰山が本気で驚いている。

「いやまあ、付き合いが長いですからな」

三郎兵衛はまんざらでもなさそうに笑って答えた。

「や、あれは獅子王……あ、いや、獅子丸という土岐さまの犬ではないか」

その時、泰山が獅子王の姿に気づいて言った。

行きに目黒不動で待たされた時と同様、獅子王は暇に任せて、またもや勝手に脱け出してきたようである。

「おやおや、世話役の方がまた心配なさるぞ」

竜晴は獅子王に言った。これは人に聞かれたとしても問題はない。

貞衡の家臣たちの中には、「土岐さまにお知らせした方がよいだろうか」と言い出す者もいたのだが、

「すぐに帰るからご心配召さるな」

と、獅子王は竜晴に答えた。

「そこなるアサマ殿の健闘を称えに参っただけである」

獅子王は悠々と近付いてくると、三郎兵衛が腕にとまらせているアサマの前まで進んだ。アサマは平然としているが、三郎兵衛は少々顔を強張らせている。

「この度は鶴をとらえたとのこと。まことに祝着《しゅうちゃく》。我が主は雉と兎より大きな獲物は仕留められなかった」

と、獅子王が述べた。

「ほほう、負けを認めると言うか」

「うむ。悔しいが今日のところは俺さまの負けだ。しかし、次は負けぬ。それだけ

だ」

　敗北を認める時でさえ、実に堂々たる姿で獅子王は告げると、くるりと背を向け、帰っていった。

　三郎兵衛をはじめ、伊勢家の侍たちはほっと緊張を解いた。

「何というか、妙に威厳のある犬だなあ」

「土岐さまはすばらしい犬を飼っておられる」

　侍たちはひそひそと言い合っている。

「他家の犬を褒める前に、当家のそれがしを褒めるがよかろう」

　アサマは文句を言ったが、今度は三郎兵衛に通じなかったようで、なだめてもらえない。

　――アサマの奴、少しずつ小烏丸に似てきたのではないでしょうか。由々《ゆゆ》しきことです。

　と、抜丸はひそかに竜晴に伝えてきた。

　やがて、茶屋から戻ってきた時、貞衡はにこやかな笑みを湛《たた》えていた。

「この度の獲物について、上さまからお褒めの言葉をいただいた」

貞衡の言葉に家臣たちがわっとどよめく。

「特に、鶴については、上さまが捕らえた鶴より大きかったようで、見事じゃと仰せになられた。そこで、あの鶴は上さまに献上することにいたしました」

アサマは鼻高々という様子で、満足げな鳴き声を上げた。


その後、将軍が大手門から城内へ入るのを見届けると、付き従った旗本たちの役目も終わりとなる。貞衡はそこから神田の屋敷へと向かった。

貞衡の供回りに加わっていた竜晴と泰山も一緒である。

「今日はまことにお世話になり申した」

貞衡は門前で二人に頭を下げた。

「何事もなく、鷹狩りが終わってようございました」

災難もなければ、怪我人も出ず、竜晴と泰山の出番はなかったが、それこそが望ましいことである。何かが起きるのではないかとひそかに案じていた貞衡としても、ようやく息を吐ける思いであった。

「少しばかり、中で休んでいかれませんか」

貞衡は竜晴たちを誘ってみたが、二人からは丁重に断られた。

「私どもより、伊勢殿の方がお疲れでしょう。今日はとにかくゆっくりとお休みください」

貞衡もそれ以上は勧めず、竜晴たちとは門前で別れた。

いつもなら三郎兵衛に任せてしまうところだが、今日だけはアサマが小屋の中へ入るのを見届けてから、屋敷の玄関へと向かう。妻子や女中たちに迎えられ、この日の手柄を簡単に語り聞かせた。

女中のお駒の介添えで着替えを済ませ、いつもの居間に落ち着くと、妻が茶を点《た》ててくれた。熱い茶を啜《すす》ると、一日の疲労が改めて実感されてくる。

(そういえば――)

その時になって、貞衡はようやくあることを思い出した。

(狩りの途中で聞いたあの声については、最後まで分からなかったな)

屋敷の門前で別れるまで、竜晴からも特に話はなかった。

声を聞いた直後は貞衡も気にかかったが、その後、狩りを続けているうちにすっかり忘れてしまった。今になっては、あの声自体、本当に聞こえたのかと疑わしく思えてしまう。妖や怪異の声だったのかもしれないが、それならば竜晴から一言ありそうなものだ。

（まさか、賀茂殿の上を行く術者や怪異ということか）

あれこれ思いをめぐらしてはみたものの、竜晴に匹敵する術者など、天海より他に思いつかない。

――やっと見つけたぞ。

あの声はそう言っていた。決して嫌な感じや不快な気分はしなかった。頭の中に響いてくるような低くて深い声、そして堂々とした重々しい物言い――。

（どこかで聞いたことがあるような……）

そう思った瞬間、貞衡は手にしていた茶碗を取り落としそうになった。

（そうだ。あの声は夢で聞こえてきたものだ）

幾度となく、貞衡に呼びかけてきた声。自分のもとへ参れと誘いかけてきた声。

どうして、今の今まで気づかなかったのだろう――そう思った時、頭の中が割れるように痛くなった。

――やっと見つけた。探していたぞ、おぬしを。

夢の中の声、御鷹場で聞いた声が頭の中で響き渡る。全身にしびれるような痛みが走った。動くこともできない。

「うわあっ！」

それでも、懸命に声だけは張り上げた。

次の瞬間、貞衡の意識は途絶えていた。

同じ頃、寛永寺では天海のもとに役人たちから急ぎの知らせが舞い込んでいた。

「大手門前の首塚の石が転げ落ちておりました。昼前に立ち寄った時には、異変はなかったのですが」

という報告である。

「将門公の首塚が暴かれたということか」

天海は訊き返したが、詳細は分からなかった。

「我が目で確かめる」

天海はすぐに将門の首塚へ向かうことにした。

一方、その頃、竜晴は泰山と共に小烏神社に戻っていた。着慣れない装束からいつもの小袖に着替え、二人はいつもの居間に落ち着いた。その後は、いろいろと聞きたがる玉水を相手に、主に泰山がアサマの活躍を話して聞かせている。

そんな和やかな雰囲気が、ある時、がらっと変わった。竜晴が総身を強張らせ、他の皆がそれを察して動きを止める。

「伊勢殿に何か起きたようだ」

御鷹場でのことがあってから、貞衡には気づかれぬよう、ひそかに付けていた式神が知らせてきたのである。その式神はすでに呪力を絶たれ、ただの紙きれとなって引きちぎられたようであった。

これでは、貞衡の身に何が起きたのか、くわしいことまでは分からない。

「今すぐ、伊勢殿のお屋敷へ行かなければ――」

竜晴は立ち上がり、泰山も「一緒に行こう」と続けて立った。

「それならば、我が先にあちらの屋敷へ飛んでいく」

と、小烏丸も慌ただしく言う。

ところが、次の瞬間、竜晴は凍りついたように足を止めた。

「あっ！」

　激しい衝撃が頭を襲い、思わず両手で頭を抱える。だが、激しい痛みから逃れることはできなかった。

　呪力を使おうにも、術を行使できない。己の体を己で思うように扱えない――などということは竜晴にとって初めての経験であった。

「竜晴よっ！　どうした」

「どうなさいましたか、竜晴さま」

　小烏丸と抜丸が大声で叫ぶのが聞こえる。

「ぐ、宮司さま……」

「竜晴、しっかりしろ」

　玉水が脅えた様子で、泰山が心配そうに、竜晴の顔をのぞき込んでくる。はっきりと見聞きできたのはそこまでだった。

七章　神は真実を嘉《よみ》す

一

自分はどこにも属せず、地に足がつくこともなく、下界の成り行きをただ見ているだけ。地上では、皆がそれぞれ一生懸命に生きているが、竜晴に見られていると気づく者はいない。

この感覚には覚えがあった。かつて天草四郎の過去を夢に見た時のものだ。あの時、竜晴の魂は上空から城内へ入り込み、そこで起こることを見つめていた。

では、今の自分は夢を見ているというのか。

おそらくそうなのだろう。

竜晴の魂は浮遊し、地上を見下ろしていた。眼下には浜辺が見え、その先には海原が広がっている。

浜辺を一人の男が歩いていた。真っ白な装束を身に着け、烏帽子《えぼし》を被っている。神職の正装とも見えるが、神事をしているようでもない。ふだんから烏帽子を被っているのであれば、何百年も昔の人ということになろうが……。

竜晴は男の顔を確かめようと考えた。竜晴の魂はそう思うだけで、男のそばにすうっと寄っていける。

(これは、私か——)

一瞬、錯覚するほど、男は竜晴自身に似ていた。年の頃も似通っていたが、自分でないことは分かる。ならば、竜晴自身の前世の姿、もしくは先祖の誰か、ということか。

なおも見ていると、浜辺の一角が陽光の加減か、きらっと光った。男はそれに気づき、走り寄っていく。

やがて、屈み込んだ男が指先でつまみ上げたのは、小さな青い玉であった。男がそれを陽にかざすと、青い玉は光を吸い込んだかのように、きらきらと輝き出す。

「何と、美しい玉なのだろう」

と、男は呟いた。

（まるで龍の玉のようだ）

と、竜晴は龍の髭の青い実を思い出した。

「髪飾りにでも使う玉か。失くした方は困っているであろうな」

男は呟くと、青い玉を左の掌に載せた。そして、いつも竜晴がしているように右手で印を結ぶと、呪を唱え始めた。

知恵ある者、我が蒙《もう》を啓《ひら》き、帰するところを知らしめよ
オン、アラハ、シャノウ

すると、掌上の青い玉が独りでに動き出した。掌の中心から中指の方へと滑っていく。男は玉の動く方へ向かって歩き始めた。

不思議なことに、玉の指し示す先は海の方であった。男は躊躇うことなくどんどん波打ち際へ進んでいく。やがて、男の足もとにまで波が届くほどになった。

その時、男の目の前の海上に、一人の女が突然現れた。

女は華やかな装束を身に着け、髪を結い上げていたが、そのいずれも竜晴の時代の女たちとは異なり、かつて見た四百年前の女たちとも違っていた。昔の唐土《もろこし》の女と言われれば、そうかもしれぬと思えるような格好だ。

だが、竜晴が目を奪われたのは、女の顔立ちであった。

(中宮《ちゅうぐう》さま!)

かつて旅した四百年前の世で、竜晴が初めて慕わしいと思った女人——あの建礼《けんれい》門院《もんいん》、平徳子に瓜二つである。

自分によく似た男と、海の中から現れた徳子に似た女——。夢であるという自覚はあるが、この光景をどう受け止めればよいのだろうか。

「それは、わたくしの宝玉でございます。あなたさまが拾ってくださったのね」

女は澄んだ声で言った。

「はい。持ち主の方がお困りだろうと、少々術を施しました。持ち主の方が気づけば、自ら玉のもとへ来てくださるだろうと——」

男は女に恭しく宝玉を捧げ、女はそれを受け取った。

「確かに、わたくしはこの玉の放つ気が強くなったのに気づいて、地上まで参りましたのよ」

「あなたさまは地上の方ではないのですね」

「おっしゃる通り、わたくしは海の都で暮らしております。ねえ、あなたは何ておっしゃるの。わたくし、お礼にあなたをわたくしの宮へお招きしたいわ」

「私は賀茂竜玄《りゅうげん》と申します」

「では、わたくしといらして。わたくしの手を取ってくだされば、溺れることも息ができなくなることもありません」

賀茂竜玄と名乗った男は女の手を取った。二人はみるみるうちに海の中へと吸い込まれ、竜晴の意識もまた、二人と共に沈んでいくことになった。

しばらくは青く澄んだ光漂う海中を進んでいたが、やがて地上の光も届かなくなる。そして暗い海をさらに進むと、再び光ある場所へさまよい出た。

そこが、竜宮《りゅうぐう》であった。

地上とは異なる木々が生え、その幹も葉も赤や青や黄、さまざまな色をしている。白玉のように内側から光を放つ美しい白の御殿があり、そこが女の家であった。

見た目は人間と変わらぬ姿の兵士や侍女がいるかと思えば、御殿の外には魚が泳いでいる。

女はそこでは、兄姫《えひめ》と呼ばれていた。姉妹がいれば、姉を兄姫、妹を弟姫《おとひめ》と呼ぶのは、古い時代の身分ある家ではよくあることだが、

（中宮さまも入内《じゅだい》する前は、兄姫と呼ばれておられた）

またしても、徳子との相似が竜晴には気にかかる。

兄姫はこの御殿――つまり、竜宮の王の娘であった。そして、兄姫は父王のもとへ竜玄を連れていき、地上の恩人として引き合わせた。

竜宮の王の御前には御簾《みす》が下がっていて、その奥の姿は見えない。

「そなたはその男を夫にしたいということか」

竜宮の王は兄姫に突然尋ねた。どうやら、娘が男を竜宮に連れてくることはすなわち、問答無用で「夫の候補者を父王に引き合わせること」になるらしい。

「さようでございます、父上」

兄姫はしずしずと答えた。

「おぬしも同じ心持ちか」

竜宮の王は竜玄に尋ね、竜玄もまた「はい」と答えた。

「ならば、我が試練の儀に臨むがよい」

御簾の奥から威圧するかのごとき声が響き、それから竜玄は神話や昔話でよくあるような、いくつかの難題を出された。海のどこかにある秘宝を持ってこいだの、猛々《たけだけ》しい海の大蛇《だいじゃ》を倒してこいだの、恐ろしい試練が課され、その度に竜玄は兄姫の助けを借りて、それを成し遂げた。

試練を経た後、竜宮の王は竜玄を娘の婿《むこ》として認めることになる。竜玄は兄姫と婚礼を上げ、竜宮の御殿で満ち足りた日々を送り始めた。

兄姫が竜玄に望んだことはただ一つ。

「地上へ帰りたいとはおっしゃらないでください」

何でも、弟姫の夫となった男は地上へ帰りたいと言い出し、弟姫が決して開けるなと告げた玉手箱《たまてばこ》を開け、二度と竜宮へ戻ってこなかったのだとか。あなたをそんな目に遭わせたくないと兄姫から言われた竜玄は、一生地上へ帰れなくてもいいと答えた。

そして数年後、兄姫は男の子を産む。産屋《うぶや》を覗いてはいけないなどと竜玄が言われることもなく、また竜玄が産屋を覗くこともなく、生まれた子は人間の赤子の形をしていた。

ただし、この頃になっても、竜玄は一度も竜宮の王の姿を見たことはなかった。

ところが、生まれた息子が三つになった年、竜玄の身に大きな変化が訪れた。

「地上に妙見菩薩が降臨《こうりん》された」

と、竜宮の王が言い出したのだ。

「我は妙見菩薩のもとへ馳せ参じなければならぬ」

竜玄には決して姿を見せなかった竜宮の王が、この時、初めて御簾の外へ現れた。

驚いたことに、竜宮の王は青き竜の姿をしていた。

「父は人の姿を取ることもできるのですが、あれが本来の姿なのです」

と、兄姫は言った。

「では、そなたもまことは……」

「はい。わたくしも本来の姿は竜でございますの。ですが、あなたさまにそれを見せることはございません」

兄姫は竜玄から顔を背けて言った。竜玄は妻をこの上もなく大事に思っていたが、この時から、生まれた子は人なのか竜なのかと悩み始める。

一方、妙見菩薩のもとへ行くと言い残し、竜宮の御殿を去った王はしばらくして舞い戻ってきた。

妙見菩薩の化身――つまりその器に選ばれた人間の男は、地上に己の王国をつくろうとして失敗し、荒ぶる神と化したのだそうだ。しかし、既のところで竜宮の王がその力を封じ込め、男――つまり器の人間は息絶えたという。

「妙見菩薩はいずれ必ず復活を遂げられる。何百年、あるいは何千年先のことかもしれぬが、我が一族は妙見菩薩のもとへ馳せ参じなければならぬ。なぜなら竜は妙見菩薩の乗り物であるからだ」

竜宮の王は竜玄にそう説いた。

「おぬしは息子を連れて地上へ帰り、その時に備えるがよい」

「備えるとはどういう……」

「おぬしは人間ゆえ、人としての寿命しか持たぬ。おぬしの息子もまた、竜の血を継いでおるとはいえ、寿命は人と大差ない。されど、竜の血は子孫に脈々と受け継がれよう。おぬしは子孫にしかと言い聞かせよ。妙見菩薩が復活する時代にめぐり合わせた者は、何を差し置いてもそのもとへ馳せ参ぜよ。妙見菩薩の器であった平将門がそうなったように、荒ぶる神の力を御《ぎょ》し切れなくなった際には、命を懸けてその暴挙をお止めするように、と――」

竜玄は虚を衝かれはしたものの、竜宮の王の言葉を自らの宿命として受け容れた。ただ一つ、受け容れるのに苦しんだのは、地上へ戻る際、兄姫を伴えないということであった。

兄姫は完全な竜であり、その寿命は人である竜玄や息子とは違う。これ以上、共に暮らし続ければ、皆が苦しむだけだと諭され、最後には竜玄も兄姫も王の言葉に従うことになった。

「我が息子よ」

竜宮の王は竜玄を最後にそう呼んだ。

「そなたの子孫には、竜神の加護を授ける。一代に一人以上は必ず神の力を持つ者が生まれよう。そなたの子孫には代々、『竜』の名をつけるように――」

「かしこまりました、義父上《ちちうえ》」

竜玄は幼い息子を抱き、竜宮の王と妻に別れを告げた。

竜玄と息子の体はまるで上から吊り上げられるかのように浮上していき、やがて、竜宮の光が届かぬ暗い場所を経て、再び陽の光が届く美しく青い海をくぐり抜け、最後に地上の浜辺へ下り立った。

「ここはどこ？」

不思議そうに問う幼い息子に、

「父さまの生まれ故郷だ」

と、竜玄は答えた。

「母さまとはここでめぐり会ったのだよ」

続けて海の向こうへ目をやりながら呟くように言う。その時、海の彼方の空が急に薄暗くなり、続けて稲妻が走るのが見えた。その黄金の光が暗い空に映し出したのは、青き竜の姿であった。

「兄姫……」

竜玄が妻の本性を目にした最初で最後の時であった。

二

「竜晴ぃ！」

小烏丸が泣き叫ばんばかりの声で呼びかけてくる。

「竜晴さま、お気づきになられたのですね」

抜丸が鎌首を突き出してきたが、その目が見る見るうちに潤み、慌てて鎌首をひっこめた。

「私は……」

起き上がろうとすると、

「待て」

と、泰山の声がかかった。

「いきなり動くのはよくない」

泰山は竜晴の額に手を当て、脈を確かめてから、ゆっくりと起き上がるように告げた。背中に手を添え、手助けしてくれる。

「宮司……さまあ、よかった」

少しは成長したと思われた玉水が、童《わらべ》に戻ってしまったかのように、えんえん泣いている。だが、泣いているのは抜丸も同じで、小烏丸は「竜晴、竜晴」と落ち着きなく歩き回りながら、羽をばたつかせていた。

落ち着いているのは泰山だけで、さすがは医者である。

「お前がいきなり気を失ったのでな。これまで、そんなことは一度もなかったと、小烏丸と抜丸殿がそれはもう大騒ぎをして……」

その動揺ぶりがそのまま玉水に移り、一時《いっとき》は手がつけられないほどであったと泰山は告げた。

「そうか。お前がここにいてくれて、本当によかった」

竜晴は泰山に礼を言う。

「具合はどうだ。脈はふだん通りだと思うが……」

「うむ。大事ない。それに私は倒れたわけではなく、しかるべき知識を得たというだけのようだ」

竜晴は落ち着いた声で言った。その言葉に、抜丸と小烏丸がつと動きを止め、恐るおそるという様子で、竜晴の膝もとへ寄ってきた。

「竜晴よ、おぬし、まさか――」

小烏丸が竜晴の顔をのぞき込んでくる。

「夢で御覧になられたのでございますか。竜晴さまのご先祖にまつわる出来事を

――」

抜丸がこわごわと問うた。

「その言葉から察するに、お前たちは知っていたのだな。賀茂竜玄がどんな使命を課されていたかということを――」

竜晴の口から、竜玄の名が出たのを聞き、小烏丸と抜丸は目を見合わせた。

「おっしゃる通りです。ただし、私たちからお伝えすることは禁じられていました。話そうとすれば呪詛により、金縛りがかかるようになっていて……」

「お前たちにその呪詛をかけたのは、我が先祖か」

「はい。私たちが賀茂氏に仕えるようになった時の当主がなさいました。賀茂氏の使命を受け継ぐのは、竜玄さまの子孫ならば誰でもよいというわけではないのです。最も力を持つ子孫が選ばれ、前代の当主から口伝で知らされる仕組みになっていました」

「父上はその使命を知っていたのだろう」

「もちろんです。そして竜匡《たつおみ》さまは竜晴さまを次期当主とし、その使命もお話しするつもりでした。けれども、若くして急逝してしまい……」

「私に伝えることができなかったというわけか」

「ですが、そういう不測の事態が起きた時でも、何らかの形で真実が伝わるよう、賀茂氏の血には術が施されておりました。それが、どういう形での伝達なのか、私どもは知りようがなかったのですが……」

抜丸が感極まった様子で、竜晴の目を見つめてくる。

「夢を見せる、ということだったようだな。私は竜玄という人物が竜宮へ行き、竜王の娘を妻とし、その間に子を生す夢を見た。その子孫が私のようだ」

「そうか。本当に知ったのだな、竜晴」

小烏丸の声も震えていた。

「こ、小烏丸しゃん」

玉水が舌を嚙んだことにも気づかぬ様子で、小烏丸を指差しながら脅える目をしている。

「何だ、玉水。我を指差すとは無礼な……」

と、小烏丸が言葉を返したが、「だって……」と玉水はぶるぶる震えている。その後、

「あ、抜丸しゃんまで」

と、玉水は腰を抜かした。

「これは……」

竜晴も目を瞠った。

二柱の付喪神たちに、かつて見たことのない変貌が起き始めていた。

「おお！」

と、付喪神自身もそれに気づいた様子で、口々に声を上げている。二柱とも驚いてはいたが、それ以上に誇らしさと深い喜びに包まれているようだ。

小烏丸は真っ黒だった体が輝き始め、その羽色はみるみるうちに鬱金色《うこんいろ》の輝きを宿していった。三本の足を持つその姿は、日輪《にちりん》に住まうという伝説の――

「金烏《きんう》……だったのか」

竜晴は息を呑んだ。

片や抜丸は、ふだんは愛らしささえ備えたあの小さな体が見る見るうちに大きくなっていき、いつしかその頭が天井につかんばかりの大きさになっている。

「お、大蛇《おろち》……」

　玉水よりは冷静さを保っていた泰山も、まるで人間をひと呑みしてしまいそうなその姿には腰を抜かした。

「どういうことなんだ、竜晴」

「いや、私にも分からぬ。ただ、これが本来の小烏丸と抜丸の姿ということなのではないか」

　竜晴とて、それ以上のことは答えられない。

「その通りだ、竜晴。これが我らの本性である」

　小烏丸が告げた。声はいつもと変わらぬようだが、口にした言葉に威厳が感じられるのは金烏の姿をしているせいか。

「もっとも、この姿になったのは初めてでな。抜丸もそのはずだ」

「はい。私たちは賀茂氏にお仕えするようになってから、しかるべき時に本性を取り戻すだろうと言われていました。そのしかるべき時とは、賀茂氏の使命と関わるのだろうと思っていましたが、おそらく今がその時なのでしょう」

　と、抜丸が言い添える。

「なるほど。つまり、私はこれから妙見菩薩のもとへ馳せ参じなければならず、お前たちは私を助けてくれる付喪神というわけだな」

竜晴は夢の中身と付喪神たちの話を照らし合わせ、理解をした。

「どういうことだ、竜晴。妙見菩薩とは何だ。お前は倒れる前、伊勢のお殿さまの身が危ないと言っていたのだぞ」

泰山が困惑気味に言葉を畳みかける。

「ああ、これから伊勢殿のもとへ行く。伊勢殿にはおそらく平将門公の霊が憑いてしまったのだろう。平家の血を引く伊勢殿は、将門公の器だったらしい。そして、将門公は妙見菩薩の化身として生を享《う》けた方だったのだ。この話は世間にも伝えられ、将門公を神として祀る妙見神社などもある」

「しかし、将門公と言えば、朝廷に反逆し、討伐されて怨霊と化した。首塚を祀り、荒らされないように守ってきたのも、怨霊となるのを阻止するためだろう？」

「そうだ。今の将門公が怨霊なのかどうか、私は確かめなければならぬ。私の体には妙見菩薩にお仕えしていた竜の血が流れているそうだ。その血にかけて、妙見菩薩の化身である将門公が荒ぶる神として振る舞うならば、それを止めなければならない」

竜晴の言葉をどうにか呑み込んだ泰山は、「さすがに力になれることはなさそうだな」と寂しそうに呟いた。

「伊勢のお殿さまやお前自身に起こる今の事態を予知できなかったのも、私の力不足なのだろう」

「いや、それはお前が責めを負うべきことじゃない。伊勢殿が将門公に見つかったこと自体、不測の事態であり、先行きを変える出来事だったのだろう」

第一、墓守の鬼ごときが授けた力を、将門の霊力が凌駕《りょうが》できぬはずもない。

「我は竜晴と共に行くぞ」

「私もお供いたします」

小烏丸と抜丸は口々に言う。

「うむ。お前たちには力になってもらおう」

竜晴は言い、立ち上がった。

「泰山と玉水には、ここの留守と大僧正さまへの言伝を頼みたい。私が伊勢殿のもとへ行ったと伝えてくれ。それで、大僧正さまにはお分かりになるはずだ」

「分かりました」

と、玉水が真剣な声で言う。もう脅えてはいなかった。

「こちらのことは任せてくれ。だが約束してほしい」

泰山もまた立ち上がり、竜晴と向き合って告げた。

「絶対に死ぬな。どんな怪我をしても、私が治してやる」

「分かった。必ず帰ってくる」

竜晴は言い、庭へ下り立った。続いた小烏丸が再び庭先で変化《へんげ》する。

何と見る見るうちに、人間一人を背に乗せられるほどの大ガラスに変じたのだ。

それに応じて、羽の色は黄金からいつもの濡れたような黒色へと戻った。

「お前は小さくなれ。それでは乗せられぬ」

小烏丸が抜丸に言うと、抜丸は「言われなくても分かっている」と不機嫌そうに言い返し、かつてと同じ小さな白蛇の姿に戻った。今や二柱は自在に姿を変えられるようだ。

「竜晴よ、我の上に乗れ」

小烏丸の言葉に応じ、竜晴は抜丸を掌に載せると、小烏丸の背にまたがった。

「伊勢家のお侍の屋敷へ参るぞ」

竜晴は小烏丸の首につかまり、抜丸は竜晴の手首に絡みついている。

小烏丸が大きな羽をはばたかせ、空へと舞い上がった。

小烏神社の本殿や拝殿、それにいつもの家屋が眼下に現れ、見る見るうちに小さくなっていく。小烏丸は力強いはばたきで、神田の伊勢家を目指して飛んだ。

三

大ガラスとなった小烏丸は、伊勢家の庭先に舞い降りた。竜晴が地面に下り立つと、その体は再び小さくなり、これまでと同じふつうのカラスのものとなる。

伊勢家の屋敷全体を覆いつくす呪力を感じ取った竜晴は、

「凄まじい力だ」

と、呟いた。小烏丸と抜丸も厳しい眼差しを辺りに注いでいる。

ふつうの付喪神であれば、その霊気なり妖気なりにあてられて、弱っていたであろう。だが、今の二柱は形こそこれまでと同じでも、本来の大きな呪力をその身に宿している。

「この力のもとを探らねばならないが……。いや、その必要もなさそうだ」

相手もまた、竜晴や付喪神たちの力を感じ取っていたのだろう。

庭に面した障子が開いたかと思うと、次の瞬間にはもう、竜晴の目の前に相手が立っていた。

「伊勢殿……」

見た目は、確かに先ほどまで行を共にした伊勢貞衡に違いない。だが、その全身から放たれる荒々しい気配は、貞衡とは別人のものであった。その猛々しい表情も、昂りを宿した目の色も。

「いや、伊勢殿ではございませんね」

竜晴は気を静めて言った。自らそう努めないと、相手の昂りにあてられ、魂を失いかねないような恐ろしさがある。

「さよう。器の魂はすでに封じた。余《よ》は平将門、妙見菩薩の化身であるぞ」

貞衡の体を乗っ取った相手は、悪びれることなく堂々と名乗った。

「やはり、将門公でございましたか」

竜晴は立ったまま呟いた。小烏丸と抜丸が全身を強張らせ、あからさまに警戒を

強めている。将門にもその気配は伝わっており、

「おぬし、余の正体を知って、何ゆえ跪かぬ。そしてそこなる付喪神たちの無礼を、何ゆえ許す」

と、竜晴に告げた。不可解そうな声色ではあるが、あからさまに不快を示してくるわけではない。ただし、竜晴の返答次第で将門を怒らせることは十分にあり得るだろう。

返事は慎重でなければならない。

将門の放つ気が、これまで敵対したことのある妖や怪異をはるかにしのぐものであるのは明らかだった。このまま、ともに戦えば、覚醒した小烏丸と抜丸の未知なる力を鑑《かんが》みても、勝てるかどうか分からない。自分一人では決して敵う相手ではないと、竜晴は理解していた。

一方で、将門から感じ取れる気配は、必ずしも禍々《まがまが》しいものではなかった。荒ぶる神となる前に退《ひ》いてもらうことができれば、それに越したことはないのである。

「私は賀茂竜晴と申す者。貴殿の敵ではありませぬ。ただし、一つの理由をもって跪くことはできませせぬ」

竜晴は声を張った。怒らせてはならないが、卑屈になってもいけない。それが、今、最も注意しなければならないことであった。

「ほう、跪けぬ理由があると申すか」

将門の声に少しばかりの不快さが滲んだ。

「はい。貴殿は、私の知人である伊勢殿の体を奪ってしまわれた。それを許し、受け容れることは断じてできぬからでございます。願わくば、伊勢殿の魂を解き放ち、体をお返しくださいますよう」

竜晴が丁重に述べて目を伏せると、将門は低い笑い声を漏らした。思いがけぬ反応に顔を上げると、笑い声は相変わらず漏れ続けているというのに、その目はまったく笑っていなかった。それどころか、凶悪な暗い光さえ宿し始めている。

やがて、将門は笑い声を止めると、

「この男は余と同じ平氏の血を受け継いでおる。さらには、余の器となるべく生を享けた者。余がその体を得たとして何の悪いことがある?」

と、返事をした。

「伊勢殿には伊勢殿の人生があります。かつて、将門公に将門公の人生があったように――」

　竜晴は屈しない。

「余は将門であり、妙見菩薩でもある。そして、将門の生涯において為すべきことを果たせなかった。さらには、世の中を思っての決断を反逆と決めつけられた。人にも裏切られた。断じて承服できぬ」

「それゆえ、怨霊となったというのですか」

「怨霊か。そうだな、一度は怨霊と化した。しかし、神として祀られ、今はこうして正気を保っておる。この先、余が怨霊として祟《たた》りを為すか、荒ぶる神として世を蹂躙するか、あるいは幸御魂《さきみたま》として人に幸いを施すか――それはおぬしら今の世の人間次第であろう」

「では、貴殿はよみがえったこの世で、何を為そうというのですか」

「何を為す？」

　将門は少しばかり虚を衝かれたようであった。

「将門であった時、為したいことはあった。虐げられた人を救い、東国に新たな国を築くという野望がな。しかし、今さらそれを叶えたところで甲斐はない。となれば、何を為さんなどという考えは特に持ってはおらぬ」

「ならば、今すぐにでもお退きください。そして、伊勢殿に体を返されるべきです。伊勢殿にはかつての将門公よりはささやかでしょうが、この世で果たさねばならぬことがございます」

「ほう、この男が果たさねばならぬこととは何だ」

「伊勢殿を主君と仰ぐ方々を守ること、さらには、伊勢殿ご自身が主君と仰ぐ将軍家をお守りすることとです」

「余の器ともあろう者が、他人に跪くとは情けない。それに、この男を主君と仰ぐ者たちには余の寵愛を注いでやろう。さすれば、何の障りもあるまい」

将門はそう言うや、「来たれ、余に仕えるものよ」と言うなり、手を空に振り上げた。何を呼び出したのかと、竜晴と付喪神たちは緊張する。

ややあって、空が不意に翳《かげ》った。日の光が閉ざされたのではない。何かが伊勢家の屋敷の上空を覆いつくしているのだ。

それが、鳥の姿をしていることはすぐに明らかになった。だが、ふつうの鳥にしては明らかに大きい。竜晴を乗せて飛んだ小烏丸のように――。

その大きな怪鳥はやがて、将門の脇へ舞い降りてきた。羽を畳んだ姿でもおおよそ人間の二倍ほどはある。だが、よく見れば、それはアサマに違いなかった。

「よう参った」

「我が主の呼びかけ、応じるはそれがしの務め」

アサマはふだんより大きな声で答えた。

「何を言う、アサマよ。そこにいるのは、おぬしの主ではなかろう」

小烏丸が必死に呼びかける。だが、アサマは小烏丸に見向きもしなかった。

「よろしい。主の声だけに耳を傾けるのは、付喪神として正しい姿だ。かつての弱き主は忘れよ。そなたは余の付喪神だ」

「かしこまった」

アサマは神妙に答え、将門はその畳んだ羽を静かに撫でた。

「さて、何を為さんという答えはないが、何もしないとは言うておらぬ。こうして器の体も得たゆえ、余の好きにやらせてもらう。そうだな、将門の体は朽ち果ててしまったが、首は手厚く祀られたため、その姿を取り戻すことができそうだ。この首、挿《す》げ替えるか」

将門が言うなり、その顔立ちは瞬くうちに別人のものになった。髪は結わずに肩へと流れ、引き締まった輪郭に鋭い目、蒼ざめた肌の色——それが平将門の顔なのであろう。

在りし日の凜々《りり》しさや雄々しさはうかがえるものの、死を経てよみがえったという不気味さがその上を行く。

温厚で気品のある貞衡の佇まいはもうどこにもなかった。

「なるほど、貴殿は荒ぶる神として振る舞われるということですね。ならば、私にも果たさねばならぬ使命がある」

竜晴は覚悟を決めて言った。

「ほほう、余の邪魔をすると申すか。ならば、それにふさわしい扱いをしてやろう」

将門の両眼が荒々しくたぎり始める。

竜晴が身構えようとしたその時、

「賀茂殿っ！」

背後から必死の呼びかけが聞こえてきた。

「大僧正さま」

振り返らずとも、声で天海だと分かった。今は将門から目を離すわけにはいかない。

「伊勢殿の御身《おんみ》は乗っ取られてしまいました。私はそれを取り返します」

「ならば、拙僧も……」

と、天海がさらに一歩足を踏み出す。

「ん？　そこなる老僧、おぬしの気がこの東国の地に満ちておるな」

将門が天海の気を感じ取り、興味を移したようであった。眼差しはすでに竜晴から離れ、天海へと据えられている。

「拙僧は天海、この江戸を守護しておる。貴殿は新皇《しんのう》を名乗りし平将門公であろうか」

天海はこの異様なありさまにも、平静さを失わず、堂々と問う。だが、その言葉が終わらぬうちに、

「ふん、この忌々《いまいま》しい結界はおぬしの手によるものであったか」

と、将門は憎々しげに言い捨てた。そして、

「解！」

と、印も結ばず、呪を解くまじないを唱えた。

「け、結界が……」

天海の顔色が蒼ざめる。

「不快ゆえ取り払ってやったわ」

「何ゆえ、さようなことを——。結界が壊されれば、魔のものが江戸へ入ってくる。東国は将門公にとっても大事な土地であろうに」

天海が震える声で抗議した。

「余がよみがえった以上、結界など要らぬ。そもそも、余に楯突いてくる妖や霊がどこにおるものか」

「確かにおっしゃる通りでしょう。では、貴殿は大僧正さまに代わって、この江戸に暮らす人々を守ってくださると言うのですか」

竜晴は将門から目をそらさずに問うた。

「守るだと。余に従う者は守ってやろう。そうでない者は知らん」

将門はつまらなそうな口ぶりで言い捨てた。

「なるほど、確かに貴殿は好きなようにするとおっしゃった。それが、こうして伊勢殿の体を奪い、大僧正さまの張った結界を壊すことなのですか。すべてが私の目には気まぐれにしか見えない」

「気まぐれで何が悪い。神なればこそ許されることがある。人であるそなたらには分からぬであろうがな」

竜晴はなおも将門に目を向けたまま、「大僧正さま」と天海に呼びかけた。

「壊された結界を施すことはできますか」

「無論できるが、瞬時にできるわけではない」

天海が困惑気味に言う。

「かまいません。大僧正さまは結界を施すことにご尽力ください。荒ぶる神を鎮めるのは我が使命。ここは私と付喪神たちにお任せください」

「そう言っていただけるのは心強い。されど、賀茂殿と付喪神たちだけで何とかなる相手なのであろうか」

天海の声はかすかに震えていた。数々の怪異と戦ってきた天海でも――いや、だからこそ将門の桁外れの強さを察し、恐れているのだ。

「私の言葉は強き言霊を宿している。口にしたことは必ず実現します」

「おお……」

竜晴の力強い言葉に、天海の心も奮い立ったようだ。

「了解した。結界については拙僧にお任せあれ」

天海の声はもう震えていない。

「では、将門公。伊勢殿の御身は返していただきましょう」

竜晴は改めて将門に告げた。くくっと将門の口から嘲《あざけ》るような低い笑い声が漏れる。

「人の身で大言壮語を吐くと思うていたが、おぬし、賀茂竜晴と名乗っていたな。おぬしからはかつて余に仕えていた竜の気配がする」

「………」

「よかろう。おぬしと一戦交えてやろう。おぬしが余を負かしたならば、こやつの体は返してやる。おぬしが負けたら、余の配下となれ」

「人に仕える身となったことはありませんが、受けぬという答えはありますまい。分かりました。私が負ければ、将門公にお仕えしましょう」

「よし。ならば、余と共に参れ。付喪神らも共に——」

将門の言葉が終わるや否や、地表から風が起こり、竜晴たちを搦《から》め捕《と》った。空へと吹き上げるその激しさはまさに竜巻である。

将門の起こした竜巻は、将門とアサマ、それに竜晴と小烏丸、抜丸を巻き上げ、空を駆けた。その間、竜晴たちは竜巻によって旋回させられている。

「竜晴よ」

いつしか金烏の姿となった小烏丸が、竜晴に呼びかけてきた。その傍らでは抜丸が大蛇となっていた。

「我らは覚醒した。されど、竜晴はまだ十分ではない」

と、小烏丸が言う。

「十分でないとはどういうことだ」

「竜晴さまが己の素性を知ったことで、私どもは覚醒しました。しかし、竜晴さまの覚醒はまだ果たされていないのです」

抜丸が続けて言う。

「私もまた、お前たちのように変化するということか」

竜晴の問いに、小烏丸と抜丸は明瞭には答えなかった。

「竜晴よ」

「竜晴さま」

小烏丸と抜丸が声を合わせる。

「神は真実を嘉す」

二柱の声が重なった。

「まことの姿を取り戻せ、竜晴」

小烏丸が叫び終えた時、竜巻は収まり、竜晴はいずことも知れぬ場所に足をつけていた。

八章　十五夜の約束

一

　竜巻が収まった時、竜晴は見渡す限り、白くて明るい場所に立っていた。足がついている感覚はあるが、地面らしきものは見えない。上も下も右も左もただうっすらと漂う霧のようなものが見えるだけ。そのせいで、辺りは見通せないというのに、将門の姿だけはくっきりと見えた。

「小烏丸、抜丸」

　付喪神たちの姿が見えないことに気づき、竜晴は声を放った。声は四方に広がり、消えていく。

「竜晴よ」

　折り返し、小烏丸の声が聞こえた。ただ、どの辺りから聞こえてくるのか、その方向も判然とせず、距離感もつかみにくい。

「無事か。抜丸はどこだ」

「私どもは無事です、竜晴さま」

今度は抜丸からの返事があった。

「我らはアサマと戦わねばならぬようだ。だが、案ずるな。魂を失い、心ならずも従わされている付喪神など、今の我らの敵ではない」

小烏丸が頼もしい返事をよこす。

「そうか。では、私も心置きなく己の戦いに専念できるわけだな」

竜晴は力強く言葉を返した。

「竜晴さまに祖霊《それい》のご加護のあらんことを」

抜丸の声が厳《おごそ》かに届けられる。

「見事、覚醒し、賀茂氏の使命を果たせ、竜晴」

小烏丸の励ましの声も聞こえてきた。

「忠誠心の厚き付喪神たちよな」

将門は余裕の笑みを湛えた表情で言った。

「まあ、余の力をくれてやった大鷹には敵うまいが。あれもなかなか忠誠心の厚い鷹だ。おぬしにもそれに負けぬ忠誠心を期待しておるぞ」

「私は荒ぶる神に仕えるつもりはありませぬ」

竜晴は印を結び、きっぱりと言い返す。

「その言葉、いつまでほざいていられるか」

将門の両眼が燃え上がった。その途端、竜晴の足もとであったところに、火の玉が降ってくる。竜晴はその直前、後ろへ跳び退いていた。

常に日、前を行き、日、彼を見ず
人のよく見る無く、人のよく知る無く、人のよくとらえる無し
オン、アニチヤ、マリシエイソワカ

すかさず、隠形《おんぎょう》の術を唱える。

これで、竜晴の姿は霧の中に溶け入るように消えた。光源がどこにあるとも知れぬこの場所において、影によって場所が見破られないことは把握済みだ。

「隠形の術か。子供だましが余に通じると思うてか」

余裕のある将門の口ぶりは変わらないが、眼差しがあちこちをさ迷っているのは竜晴の居場所を突き止められぬからであろう。竜晴はその隙に将門との距離を取った。

魂《こん》捕らわれたれば、魄《はく》また動くを得ず。影踏まれたれば、本《もと》つ身《み》進むを得ず
ノウマクサンマンダ、バザラ……

不動の金縛りの術を将門にかける。これで将門の動きを封じることができれば、勝ったも同然である。

ところが、竜晴が呪を唱え終わる前に、それは起こった。目の前で稲妻がきらめき、間を置かず轟音《ごうおん》が耳をつんざく。足もとが激しく揺れ、足を踏ん張ろうとしても暴風に掬《すく》われそうになる。

竜晴は呪を唱えきれぬまま、地に手と膝をついていた。

「はっ、はっ、はっ」

将門が高らかに笑い飛ばす。

「策を立てて強敵に挑んだその心意気は悪くない。されど、余に通じるというその考えの浅はかさよ」

再び火の玉が竜晴目がけて飛んでくる。竜晴はすぐに立ち上がり、火の玉の落ちる位置を見定めつつ、それを避けて走らねばならなかった。

大いなる水の主よ、我に力を
オン、ヴァロダヤ、ソワカ

竜晴の呪力で生じた水の矢が、将門の放つ火の玉を鋭く貫き、火を打ち消す。

「おのれ、小癪な」

将門が怒りの形相を浮かべた。一瞬の後、突風が湧き起こった。消え残っていた火の玉の炎が風を受けて燃え上がる。

大いなる風の主よ、我に力を

オン、バヤベイ、ソワカ

竜晴もまた、すばやく呪を唱えた。自ら起こした風の力で、押し寄せる火と風を吹き飛ばす。

だが、互いに火と風の攻撃をぶつけ合っているだけでは、力が相殺《そうさい》されるだけで、攻撃は相手に届かない。

大いなる雷の主にして戦の守護者よ、我に力を
オン、インドラヤ、ソワカ

竜晴は雷撃を放つ呪を唱えた。本来は天の加護を得て放つ力だが、先ほど将門から受けた攻撃は雷によるものだった。この異次元の場所でも、雷を起こせると踏んでのことである。

狙い通り稲妻がきらめき、将門のいた一帯に雷撃が襲いかかった。

だが、轟音が収まった時、将門は平然と立っていた。攻撃は完全に避けられている。

その上、先ほど将門の起こした雷撃と比べ、稲妻の大きさも轟音もとうてい及ばない。

（このまま戦っていても、埒《らち》が明かぬということか）

竜晴の攻撃は将門には届かない。将門の攻撃は何とか避けているが、逃げ回るだけではいずれ限界が来るだろう。

そうなれば、時が経てば経つほど、ただの人間である竜晴に疲労が蓄積され、不利になる。将門の器である貞衡も人間であるから、竜晴と同じように疲労は溜まるのかもしれないが、そうだとしても、純粋な力で将門には及ばない。

「己自身の力も使えぬ者が、天の力を借りて事を為したとて、何ほどのものぞ」

まるで竜晴の内心の焦りを察したかのように、将門が嘲るように言った。

言い返せるだけの言葉は持たない。弱き者は口をつぐむしかない。

「では、そろそろ仕上げとまいるか」

将門がにやっと笑った。

周辺の白い霧が濃くなっていき、将門の姿を見えなくする。

攻撃が来る――と竜晴はとっさに身構えた。だが、火の玉や水の矢が飛んでくるわけではない。次の瞬間、足が地面に縫い付けられたように動けなくなった。

（しまった、不動の金縛りか）

これまで将門は呪を唱えずに戦っていた。つまり、そうせずとも十分威力のある攻撃を放てるということだ。これで呪を唱えられたら、どうなるのか。

そこに思い至った瞬間、次の意図が読めた。竜晴の動きを封じた上で、火の玉なり雷撃なりの攻撃を直に当てようというのだ。将門には呪を唱えるだけの余裕もある。それをまともに食らったら、とうてい無事ではいられない。

（早く金縛りを解かなければ――）

だが、金縛りを解くことができるのは術者だけである。ならば、その効き目を打ち消す呪をかけるしかない。幸い、あらゆる術や攻撃を無効とする呪術も存在していた。相手を無力にできるため、確実に勝てる強力な術だ。ただし、相手より自分の呪力が強くなければ、この術は効かない。それどころか、逆に自分がその呪いを受けてしまうという恐るべき縛りがあった。

つまり、竜晴自身がいかなる術も用いることができなくなってしまうのだ。そうなれば、もはや将門の攻撃をしのぐ手立てはない。

（半ば、禁忌《きんき》とされるこの呪術――）

教えてくれたのは、亡き父竜匡であった。

――竜晴、これは生涯、使うことはないと心に留めておきなさい。

そう父は告げた。思えば、父から何かを教えてもらったのは、その時だけかもしれない。父は早くから竜晴の才が自分のそれを超えていることを見抜き、賀茂氏代々の当主を知る付喪神たちに、その才の育成を委ねたのだ。

――使うことがないなら、教えていただくには及びません。

自分は父にそう返したのではなかったか。教える術を決して使うな――というのは道理に合わぬ言い草であり、そんなことを言う父の心が、竜晴にはまったく分からなかった。

――そう言うな。これを知っていることがお前の身を護ることもあろう。

父は苦笑しながらそう言い、竜晴に禁忌の術を教えた。

無能勝明王《むのうしようみようおう》の真言《しんごん》「オン、コロコロ、センダリ、マトウギ、ソワカ」を用いた術である。無能勝明王はあらゆる災厄を打ち砕き、決して破壊することができないという絶対の護り手だ。

体の動きを封じられているため、印を結ぶことはできないが、かろうじて口だけは動かすことができる。竜晴は覚悟を決め、小声で呪を唱え始めた。

災禍防ぎて、魔を打ち砕け。我が護りは絶対なり

オン、コロコロ、センダリ……

呪が真言に差しかかった時であった。

——竜晴、待つのだ。

その時、竜晴の脳裡に、懐かしい声がした。

亡き父のものだ。少し前、父の言葉を思い返していたため、現実と過去が交錯する。

——こちらへ来なさい。

そう呼びかけてくる父の声は、今の竜晴にかけられたものであった。

竜晴の意識は父に導かれるまま、いずこかへと運ばれていった。

二

亡き父が目の前にいる。竜晴が幼い頃に死んだ姿のままだ。一方、竜晴自身は成長しており、大人になった今の自分が父と相対しているのは、不思議な感覚であった。

「父上」

竜晴は穏やかな面差しの父に、かつてのように呼びかけた。顔立ちはこうして見ると、今の自分に似て見えるが、その表情の豊かさはどことなく泰山を思わせた。父がこんなにも心のありようを顔に出す人だとは、今の今まで知らなかった。

「ここはどこなのですか」

「彼岸と此岸《しがん》の狭間だ。分かっていると思うが、私たちは今、霊なる存在としてここにある。もちろん、長く留まるわけにはいかない」

竜匡は滑らかに答えた。

「では、お教えください。父上が私をここへ導いたのは、私が禁断の呪を唱えたからですか」

「そうだよ」

竜匡の返答に躊躇いはなかった。

「あの呪を唱えたら、私はここへ運ばれ、父上と会えるよう、父上が術を行使しておられたということでしょうか」

「まあ、そういうことだ」

答えてから、竜匡はふふっと笑った。

「相変わらずだな、竜晴」

「何がおかしいのでしょう」

「お前は相変わらず、分からぬことは突き詰めて考え、答えを求める。道理に合わぬことを嫌い、無駄だと考えたことには関わらない」

「私は……変わっていないのでしょうか」

竜晴は呟くように訊いた。

「いや、そんなことを言うようになったのだから、変わったと言うべきなのだろうね。すまない、お前が気にするとは思わなくてな」

竜匡は言い、にっこりと笑った。

「いろいろ訊きたいことも多いだろう。私もお前に伝えねばならないことがある。だが、まずは一つ言わせてくれ。大きくなったのだな、竜晴」

「父上……」

「父親ならば、長く離れていた息子に、まずはこう言いたいものだ。その気持ちが分かるか、竜晴」

「分かると……思います」

「そうか。さっきは相変わらずなどと言ったが、お前は変わったのだな。もちろん変わっていないところもあるが、それでいい。それがふつうの人間というものだ」

「はい、父上」

「私はお前の世話を小烏丸と抜丸に任せてしまった。それを悔いてはいない。いずれお前が将門公と戦うことになるのは分かっていたからな。その時のため、お前は才を磨き、力をつけねばならなかった」

竜匡は、その結果、竜晴が類まれな力を身につけたように言うが、今の竜晴には自分が強いとは思えない。

「不服そうだな。将門公に勝てないからと言って、お前が弱いことにはならないよ」

竜晴の内心を読んだかのように、竜匡は言う。それはつまり、思ったことが顔に

出ていたということだろうか、この父と同じように——。力を無効とする禁断の呪術

「だが、お前には将門公に勝ってもらわねばならない。力を無効とする禁断の呪術は使わずにな」

「しかし、父上。あれを使わなければ、私に勝ち目はありませぬ」

「将門公に術が効かず、呪いがお前自身にかかれば、お前は死ぬ」

「…………」

「分かっているはずだ。将門公の呪力がお前に勝っていることは——」

「ですが、他に手は……」

「いや、勝つ術《すべ》はある。抜丸たちから聞いているだろう。お前はまだ十分に覚醒していない、と——」

「確かに、そう聞きましたが……」

覚醒とはどういうことか。小烏丸が金烏に、抜丸が大蛇になったように、竜晴自身も変化するというのか。

「その通りだよ」

またしても、竜晴の心を読んで、竜匡は言った。

「不思議に思っているだろうが、私にはお前の考えが分かる。いや、私も不思議だよ。まだ寿命が尽きない頃、私はお前の考えていることがまるで分からなかったからな」

竜匡はおかしそうに笑いながら言った。

「成人した息子とゆっくり話をしたいところだが、その暇もない。手短に言おう。私にもお前にも竜神の血が流れている。そして、お前は特別に強くその血が受け継がれた人間だ。だから、お前は竜に変化できる」

竜匡は竜晴の目を見据え、揺るぎない口ぶりで告げた。

「まさか。いくら竜神の血を引くといっても、竜になるなど……」

「疑うなかれ。ただ信じよ」

竜匡は竜晴の両手を取った。

「父上……」

竜匡の眼差しは包み込むように優しかった。小烏丸や抜丸の忠誠とも違う。泰山や花枝の優しさとも違う。今では多くの者の寄せてくれる思いを感じ取れる竜晴だが、父の思いは他の誰とも違っていた。

（私はどうして、父上が生きておられた時に、この情に気づかなかったのだろう）

そう思った時、父の心の声が流れ込んできた。

――それは仕方がない。竜神の器であるお前は、その力を蓄えねばならなかった。要らぬものを育てる余裕はなかったのだ。だが、今の私には分かるよ、竜晴。お前はお前の心を開いてくれる友人にめぐり会えたのだな。

父の眼差しにうなずいた瞬間、その父の両眼から優しさが消えた。

八大竜王《はちだいりゅうおう》に祈願したてまつる
御身が血を引く神の器に、御身、宿りて顕現せよ
ノウマクサンマンダ、ボダナン、メイギャシャニエイ、ソワカ

父が呪を唱えるにつれ、その手から力と熱が伝わってくるようだ。竜晴は目を閉じた。すると、父の注いでくれた清浄なる気が体をめぐっていくのが実感できる。

「さあ、行け。我が子よ。竜宮の王の血を引く者よ。荒ぶる神を凌駕せよ」

父に手を引かれるまま、竜晴は飛んだ。どこまでも飛んでいけそうなほど、身は

軽く、力はみなぎり、満ち足りていた――。

気づいた時、青き竜となった竜晴の眼下は一面の白い霧で覆われていた。自らが竜であることは分かるが、竜晴の意識は残っている。

竜晴は下へ向けて息を吹いた。すると、風が起こり、瞬く間に霧を吹き飛ばした。霧の晴れた下界には、将門がいた。

「おのれ！」

竜晴の姿を見上げ、怒りをあらわにする。

「おぬしは、余の乗り物ぞ。余に牙を剝《む》いて許されると思うてか！」

容赦《ようしゃ》なく火の玉が飛んできた。竜晴は口を開け、水を吐く。火の玉は一瞬ですべて消え失せた。

「ならば、これはどうじゃ」

竜巻が次第に大きくなりながら、竜晴に向かってきた。竜晴は再び水を吐いたが、竜巻がそれを吞み込む。しかし、荒れ狂う水竜巻は次の瞬間、動きを止めた。

竜晴が吐いた冷たい息で、水がすべて凍りついたのだ。

「よくも」

将門が次の攻撃に移る。

竜晴は凍った氷を瞬時に溶かすと、それを自らの体にまとって攻撃に備えた。大量の水に包まれた青き竜の姿は外からは見えなくなる。

大きな水の玉が宙に浮かぶような格好となった。そこへ、将門の放った雷が直撃する。その直前、水の玉は氷と化し、雷の衝撃で氷は砕け落ちた。

ただし、竜晴自身に衝撃は届いていない。

竜晴は再び口から水を吐いた。それは八本の氷の矢となり、一斉に将門に向かって飛ぶ。

将門は頭を守るように両腕を上げた。氷の矢は腕に当たると、粉々に砕け散る。

しかし、砕けたのは四本の矢。残る四本は瞬く間に形を変えると、蛟《みずち》となって将門の胴に絡み付き、その動きを封じた。

竜晴はそれを見届けると、ゆっくりと地上に降りていった。将門の前に降り立った時、竜晴はいつもの人の姿に戻っていた。

「これで、私の勝ちと認めていただけますか」

竜晴は将門に問うた。

その時には、別の場所で戦っていた付喪神たちの姿も、霧が晴れたことにより、見通せる形となっていた。大鷹が横倒しになっており、金烏と大蛇は無事である。

「あちらも勝負がついたようですし」

将門はちらと付喪神たちへ目を向け、それから竜晴に目を戻すと、からからと笑い出した。

笑い声を上げつつも、目は笑っていなかった先ほどとは違う。こちらを馬鹿にするような笑い方でもない。憑き物の落ちたような晴れやかな笑いであった。

「余はおぬしを金縛りにしたはずだ。しかし、いざ攻撃を加えようと思うたら、姿が消えていた。いったい、何をしたのだ」

将門の声はもはや恨みや怒りに染まってはおらず、純粋な興味だけで尋ねているらしい。

「亡き父が助けてくれたのです」

とだけ、竜晴は答えた。

「なるほど。おぬしが竜となって現れたのも、父の力であったか」

「はい」

「よかろう。口約束を破って一言主に祟られては敵わぬ。この男の体は返してやろう。鷹の付喪神も解き放ってやる」

将門は未練のない口ぶりで言った。

「では、再び塚の中で深い眠りに就いてくださるということですね」

「ふむ。おぬしが余に勝った褒美に、江戸の町を守護してやろうではないか」

将門が江戸の守護神となるのであれば、妖や怪異に対する強い抑止力となるだろう。

「ただし」

と、将門はどういうつもりか、突然、とある要求を突きつけてきた。

竜晴はその言葉を聞き、少し考えた末、承知する旨《むね》を伝えた。

将門は満足そうな笑顔になると、それを最後に消えてしまった。後に残ったのは、倒れ伏した伊勢貞衡の体である。

「伊勢殿」

と、駆け寄った時、竜晴たちの体はここへ運ばれた時のような竜巻に巻き上げられた。

どのくらいの時を経たものか、気がつくと、竜晴も貞衡も、そしてアサマを含む付喪神たちも伊勢家の庭に戻ってきていた。

三

十月十五日の朝方、泰山が自宅の庭に生えていた紫苑の植え替えを行った。もはや花は咲いていないが、来年は小烏神社でも花をつけてほしいと、玉水が丁寧に水をやっている。

「紫苑は秋の十五夜の頃に花盛りになるから、十五夜草とも呼ばれるんだ」

「今日も十五夜です。あ、だから、泰山先生は今日、植え替えをすることにしたんですか」

「まあ、そうだな」

泰山と玉水が庭先でそんな話をしているところへ、竜晴は歩み寄った。

「思い草か」

紫苑の異名を口にすると、「そうだな」と泰山がしみじみ言った。

「紫苑を詠んだ歌がある」

竜晴は一首の古歌を口ずさんだ。


ふりはへていざふるさとの花見むと　こしを匂ひぞうつろひにける

「故郷の花を見ようと訪ねていったが、花は盛りが終わって萎れていたという歌なんだが……」

「それじゃあ、今の紫苑みたいですね。でも、その歌では、花って言うだけで、紫苑とは言ってませんよね」

玉水が竜晴の歌をくり返して口ずさみながら、首をかしげている。

「入っているさ。『こしをにほひぞ』のところにな」

謎かけのように言った竜晴の言葉に、「ああ、そうか」と泰山が破顔した。

「『しをに』が紫苑なのだな」

「ああ。紫苑は昔、『しをに』とも言ったそうだ」

玉水は「へえ」と感心している。「こしを」は「来たのに」という意味であるから、それとは別に掛詞《かけことば》として「紫苑」が詠み込まれているわけだ。そんなことを玉水相手に話していると、

「そういえば、今年は虫聞きの会を一回しかしませんでしたね」

玉水がぽつりと残念そうに呟いた。

今年の中秋《ちゅうしゅう》には、小烏神社でささやかな虫聞きの会を行ったが、去年は十五夜の二日前に小烏神社で、十五夜には寛永寺で、玉水は虫聞きを二回経験している。それに比べると、今年は物足りなかったようだ。

「今年の秋は、何かと落ち着かなかったからな」

今日も十五夜ではあるが、十月ではもう虫の美しい声は聞けないだろう。そのことを竜晴が呟くと、

「虫の声が聞こえなくて寂しいです」

玉水は悲しそうにうつむいた。

「お前は、虫の声より月見団子の方を喜んでいた覚えがあるが……」

「虫の声だって好きです。お団子はもっと好きなだけです」

玉水はむきになって言う。

「虫の声も団子も大事だろうが、十五夜の要は美しい秋の月であろう」

泰山があきれたように言って笑った。

「まったくだな。まあ、冬の月も見どころがないわけではないだろうが……」

「それなら、今夜、月見をするというのはどうだ。少し寒いが厚着をすれば大丈夫だろう。満月は日暮れと同時に昇り始めるから、早い時刻から拝めるはずだ」

泰山が言うと、「やりたいです」と玉水がすぐに言った。

「寒いから、お汁粉がいいですよね」

さっそく、団子を汁粉に入れる算段をし始めたが、

「花枝さんと大輔さんも来てくれないかなあ」

と、期待するように呟いている。

「それなら、お誘いしてみるか。急なことで無理かもしれないが」

泰山が言い出し、玉水が歓声を上げた。こうして泰山が往診に出た途中、大和屋へ立ち寄って伝えてくれることになり、急遽《きゅうきょ》、花枝と大輔も交えて、月見をすることが決まった。

「まったく、医者先生は相変わらず玉水に甘い」

抜丸は文句を言っていたが、玉水を急き立てて、団子作りの手伝いをしてやっている。

そのうち、昼八つにもなると、

「玉水ちゃんのお手伝いをしようと思って」

と、花枝が一人で先にやって来た。

花枝が来ると、抜丸は台所に立ち入れなくなる。いつもの白蛇の姿に戻り、薬草畑をうろついていたが、

「竜晴さま」

と、縁側で庭を見つめていた竜晴に声をかけてきた。

「あのこと、今夜、打ち明けるおつもりですか」

「うむ。いつにしようかと思っていたが、よい機会だと思う。泰山と花枝殿、大輔殿には今日打ち明けよう」

「そうですか」

抜丸はそれ以上、何も言わなかった。それから、どのくらいの時が過ぎたのか、

「温かい麦湯はいかがですか」

背後から声をかけられ、竜晴は我に返った。

花枝が麦湯を持ってきてくれたのだった。

「ああ、頂戴します」

竜晴は麦湯を受け取り、一口啜った。ほどよい温もりが体にしみる。

「宮司さまが長い間、お庭を御覧になっておられるなんて、めずらしいですね」

花枝が柔らかな口ぶりで言った。その通りだなと認めつつ、自分のことをよく分かってくれる花枝の心のありように思いを馳せる。

「花枝殿」

竜晴は静かにその名を呼んだ。

「はい」

花枝は存外落ち着いた声で返事をする。

「前に、私たちがこの神社から姿を消した時、花枝殿はたいそう心配してくださいました。そのお気持ちを私は嬉しく思っています」

「そうおっしゃっていただけて、ありがたいですわ。あの時の私は取り乱しておりましたのに」

「もう二度と、黙っていなくなりはしませんし、旅立つ時はきちんと打ち明け、必ずここへ帰ってくる。あの時にした約束は必ず守ります」

竜晴のその言葉に、花枝はおおよそのことを察したようであった。花枝はうつむき、黙っていた。

「その前に一つ、聞いていただきたいことがあります。花枝殿にはつまらない話かもしれませんが、話しておくべきではないかと思うようになりましたので」

「分かりました、お話しください」

花枝は顔をしっかりと上げ、竜晴の目を見て告げた。

「私はここを離れていた間に、慕わしく想う人にめぐり会いました。その方とはどうあっても結ばれぬ宿命《さだめ》ですから、どうなるということもありません。ただ、そういう人がいたというだけのことです。花枝殿にお話しするほどのことでもないと思っていたのですが……」

「いいえ、そんなことはありません。宮司さまが打ち明けてくださって、私はよかったと思います。宮司さまのことであれば、どんなことでも知りたいですもの」

「その方とはそれ以来、会っていませんし、この後、会うこともできないのですが……。つい先日、その人とよく似た人を夢に見たのです」

「想うお方を夢に見ることは……ないことではありませんわ。あるいは、そちらの方が宮司さまを想っていらっしゃったのかもしれません」

夢で見るのは、相手が自分を想ってくれたから——そう信じる風習は遠い昔からあるものだ。

「誤解をしていらっしゃるようですが、その人を夢に見たのではありません。その人に似た別の人が出てきたのです」

「宮司さまのお慕いする方とは別に、よく似た方がおられるということですか」

花枝の表情は少し曇った。

「信じがたいかもしれませんが、その時、私が見た夢は先祖の記憶だったのです。我が家——賀茂家には代々、力を持つ者が生まれるのはご存じだと思いますが」

「もちろん存じております」

花枝は疑う余地などないという口ぶりで言った。

「夢の中で、私の先祖がある女人を妻に迎えていました。その人が似ていたのです、私が慕わしいと思ったお方に――」

「まあ……」

花枝はどう答えてよいか分からないようで、困惑した表情を浮かべている。

「私にもこれをどうとらえてよいか、分かりません。先祖が妻とした女人の血は私自身にも流れています。ならば、私があの方に惹かれたのは、この体に流れる血の記憶によるものなのか。そういう疑念も芽生えてきたのは確かです。ただ、それであの方への想いに区切りをつけられたのかというと、そういうことでもなく」

「分かります。それほど容易《たやす》く変えられるものではありませんわ。人の想いというものは――」

「花枝殿は分かると言ってくださるのですね。私のこの複雑な想いを――」

竜晴は「ありがとうございます」と頭を下げた。

「この気持ちを花枝殿に話しておきたかったのです。それ以上のことは何も言えないのですが」

「お話を聞けてよかったと思います。私が宮司さまに申し上げたいことは、ただそれだけですわ」

花枝はすっきりとした曇りのない表情に柔らかな微笑を浮かべて言った。

その晩、日が完全に沈むと同時に、月が昇り始めた。

冬の月は秋の頃よりもっと澄み切っている。

一同は縁側に腰かけ、昇ってくる月を見ながら、花枝と玉水の配った団子入りの汁粉を口に運んだ。甘くはない塩味を利かせたものだ。他にも、握り飯や油揚げで包んだ酢飯、海苔巻きなどが用意されている。

「腹にたまるものが多いな」

と、泰山は呟いたが、米好きな玉水の考えによるものと聞いて納得したようだ。

「今日は、おいちには会えないのか」

大輔が少し残念そうに呟いた。大輔とおいちが最後に顔を合わせたのは茅の輪くぐりの時であるから、今日は再会を期待していたようだ。

「急に決めたことなのでな。さすがに、おいちの飼い主である平岩殿に知らせを送ることはできなかった」

「それじゃあ、今度はちゃんとおいちを呼べるような催しをやらなくちゃな」

神社で何かしようと張り切って言う大輔に、「そうだな」と竜晴はうなずいた。

「ところで、一つ、皆に伝えなければならないことがあるのだが……」

竜晴はおもむろに切り出した。

先ほどほのめかした花枝はまったく動じていない。花枝からそれとなく教えられていたのか、大輔はやっぱりかという表情を浮かべた。目に少しばかり寂しげな色を浮かべてはいるが、落ち着いている。

そして、泰山は——。

これまで暗に示したこともなかったが、共に日々を送るうちに察することがあったのか、まったく動じてはいなかった。

「今すぐではないが、状況が整ったら、私は西国へ旅立とうと思っている」

竜晴は一人ひとりの顔を見て告げた。玉水にはすでに打ち明けているので、事情を知っているのだが、花枝や泰山たちがどういう反応を見せるかと、びくびくしているようだ。

「西国って、京都とかに行くつもりなの？」

「いや、もう少し遠いな」

竜晴はこの神社の名でもある「小烏」は、平家一門に伝えられた太刀小烏丸に由来すること、その小烏丸の行方をずっと追っていたが、どうやら長門国《ながとのくに》の海に沈んだらしいと分かったことを伝えた。その後、引き上げられたかどうかは分からないが、ひとまず現地へ行って確かめたいということも。

「その刀が見つかったら、またここへ戻ってくるんだよね」

大輔が真剣な面持ちで訊いた。

「見つからなくても戻ってくる。私はここの宮司なのだからな」

竜晴ははっきりと答えた。

「玉水ちゃんはどうしますの？」

花枝が尋ねる。

「共に連れていこうと思っています。玉水も行きたがっているので」

ただ、その間、神社が留守になってしまうことについては、花枝たちの父である朔右衛門をはじめ、氏子の人たちと相談するつもりだと伝えた。

花枝たちには明かせないが、もちろん付喪神の小烏丸と抜丸も共に行く。だから、神社は本当に空になってしまうわけだが、もし泰山が引き続き、ここで暮らしてくれたなら、留守を安心して任せられるという気持ちが竜晴にはあった。

「竜晴」

その時、泰山が口を開いた。

「私も一緒に連れていってもらうわけにはいかないだろうか」

竜晴は目を見開く。

「しかし、長門まで行くとなれば、相当長い旅になる。お前には患者さんだっているだろうし」

「もちろん、ちゃんと引き継いでくれる代わりの医者を探すつもりだ。お前だってすぐに発つわけじゃなかろうし、そのくらいの暇はあるだろう」

「それはそうだが……」

竜晴は花枝と大輔に目を向けた。

「泰山先生までいなくなってしまうんじゃ、寂しくなるね」

大輔が力のない声で呟き、花枝もうつむいている。

「うむ。花枝殿や大輔殿と離れるのは、私も寂しいが、旅先では何があるか分からない。そして、必要とする時に腕の立つ医者がすぐ近くにいるとは限らない。私は竜晴や玉水や……あ、いや、二人の身に何か起きているのではないかと毎日心配しながら、江戸で過ごすのはたまらない気がするんだ」

「だが……」

竜晴が言い淀んでいると、

「泰山先生のおっしゃる通りですわ」

と、花枝が明るい声で言い出した。

「私どもだって、宮司さまや玉水ちゃんが旅先で大変な目に遭っていないか、やはり心配ですもの。でも、泰山先生がおそばにいると思えば、安心できます」

「そっかあ。確かに医者の泰山先生が一緒なら、竜晴さまや玉水も安心だよなあ」

大輔が花枝の言葉に納得した様子でうなずいている。

「二人もこう言っている。どうか、私も連れていってくれ」

泰山は必死になって言い、頭まで下げてくる。

「お前の気持ちは分かった。決して疎《おろそ》かにするつもりはないから、少し考える時をくれないか」

竜晴の返事に、泰山は「分かった」と顔を上げ、その直後感動した声を漏らした。

「おお」

泰山の眼差しの先には、澄んだ夜空に浮かぶ満月があった。

「まあ、きれい」

つられて空を見上げた花枝が溜息を漏らす。

「冬の月って、こんなにきれいだったっけ」

大輔が驚いたような声で言う。

「こうなったら、十五夜は必ず、お月見をしましょう」

玉水が声を張り上げる。

「えっ、春も夏も秋も冬もか？」

「はい。春も夏も秋も冬もです。旅から帰ってきたら、毎月、お月見です」

いいですよね、という目を玉水から向けられ、竜晴はうなずいた。

「じゃあ、満月を見ながら、私たちは毎月、その約束を思い出して待っていますわ。旅のご無事を祈りながら」

花枝が最後、少し声を詰まらせ、再び顔を夜空へと向ける。

竜晴もまた夜空の満月を見つめた。

欠けたところのない月は、心優しき仲間たちによって満たされた今の心そのもののようであった。

その晩は、暮れ六つから縁側で月を見始め、六つ半には汁粉や握り飯などを大方食べ終わった。それから竜晴が話をし、月見の会が終わったのは五つになる少し前である。花枝と大輔が迎えに来た手代《てだい》と一緒に帰っていくと、今度は小烏丸と抜丸が庭先へ現れた。

もはや月は十分に眺めたのだから、部屋へ入ってもよいのだが、竜晴も泰山も縁側に座り続け、付喪神たちと玉水も動かなかった。

「竜晴よ、改めて礼を言わせてくれ」

ややあってから、最初に口を開いたのは小烏丸であった。

「我の願いを聞き届けてくれてありがたい。壇《だん》ノ浦《うら》までは遠い旅となろうに」

小烏丸は竜晴の前へ進み出て、カラスの頭をちょこんと下げる。

「約束したことゆえ、礼は何度も言わなくていい」

と、竜晴は言ったが、「こやつを甘やかしてはなりません」と抜丸が口を挟んできた。

抜丸は竜晴から小烏丸へ目を向けると、

「お前は竜晴さまの前に這いつくばって、百万遍、礼を言うがいい。また、私への礼については、私に召し使われることで許してやる。今後百年と言いたいところだが、まあ五十年にまけてやろう」

と、言った。

「誰がお前についてきてくれと頼んだか。お前に召し使われるなど、天地がひっくり返ったとしてもあり得ない」

小烏丸も負けじと言い返している。

「まあまあ、抜丸さんだって、本当は旅が嫌じゃないんでしょう？　だって、故郷の京都へ行けるんですよ。私は楽しみだなあ」

玉水が本当に嬉しそうな様子で言う。付喪神たちの諍《いさか》いがなし崩しになったところで、

「ところで、竜晴よ」

と、泰山が呼びかけてきた。

「旅のことは、いずれお前の口から出ると思っていたから、さほど驚きはしなかったが、どうして今行こうと思い立ったのだ」

泰山は真剣な眼差しで問う。

「うむ。将門公と戦った後、公から言われたのだ。これからは江戸の町を守ってやるから、おぬしは安心して小烏丸を探しに行け、と――。そうすることで、付喪神の小烏丸だけでなく、私にも恩恵があるはずだという」

「そうか。将門公は神なのだから、その言葉には従わねばならないのだな」

「天海大僧正さまも、ご自身が壮健なうちに見つけ出してほしいとおっしゃった。伊勢殿も平家御一門のお血筋として、小烏丸の行方を気にかけていたとおっしゃる。手がかりがあるのなら、ぜひ探索をお頼みしたいと――」

「よく分かった」

泰山は大いに納得したという様子でうなずいたが、

「泰山よ、お前は本当にかまわないのか」

竜晴は問いただした。

「かまわないとは何のことだ」

「私たちと共に旅立つ話だ。旅先では何があるか分からず、小烏丸の太刀がすぐに見つかるとも限らない。場合によっては何年にも及ぶ旅となるのだぞ」

「それなら、なおのこと供をさせてほしい。旅が長引けば、体の不調も起きやすくなる」

泰山は熱心に訴えてくる。

「だが、長くなれば、取り返しのつかぬことになるかもしれぬ」

「取り返しのつかぬこと……？」

竜晴のいつになくあいまいな物言いに、泰山は首をかしげた。

「花枝殿に縁談が来ることだってあるのではないか」

「それは……」

「私は月見の前、花枝殿にお伝えした。かつて慕わしいと思った人がいること、その人と結ばれることはないが、今も忘れ得ぬことを――」

泰山は少し目を瞠った。

「花枝殿は何と言った？」

「話を聞けてよかったと言っていた」

「そうか」

泰山の声は少しかすれていた。

「私も、お前が打ち明けてくれてよかったと思っている。だが、お前の話に対してどう心を整えるのかは、花枝殿が一人で答えを出すべきことであり、私が関わることではない。その上で、私はやはりお前たちの旅に同行させてもらいたいと思う」

「そうか。そこまで言うのなら承知した。長い旅になるかもしれないが、これからもよろしく頼む」

竜晴は迷いのない声で力強く告げた。

「医者先生よ、ありがたい。これからも世話になる」

小烏丸がわざとしかつめらしい調子で言う。

「まあ、玉水は余所見《よそみ》をして怪我するであろうし、小烏丸は余所の鳥から攻撃を食らうに違いない。医者先生の仕事は常にあると思うぞ」

抜丸があえて淡々と言う。

「泰山先生とご一緒に旅ができることになって、私は嬉しいです」

玉水はとても素直に喜びを表した。

冬の十五夜の月は先ほどより少しだけ上空へ昇っている。その清らかで美しい光は、小鳥神社の庭へ柔らかく降り注いでいた。

完

【引用和歌】

水無月の夏越の祓する人は　千歳の命延ぶといふなり（作者未詳『拾遺和歌集』）

袖ひぢて我が手にむすぶ水のおもに　天つ星合の空をみるかな（藤原長能『新古今和歌集』）

ふりはへていざふるさとの花見むと　こしを匂ひぞうつろひにける（作者未詳『古今和歌集』）

この作品は書き下ろしです。

十《じゅう》五《ご》夜《や》草《そう》

小烏《こがらす》神社《じんじゃ》奇《き》譚《たん》

篠《しの》綾《あや》子《こ》

令和6年12月5日　初版発行

発行人――石原正康
編集人――高部真人
発行所――株式会社幻冬舎
〒151-0051東京都渋谷区千駄ヶ谷4-9-7
電話　03(5411)6222(営業)
　　　03(5411)6211(編集)
公式HP　https://www.gentosha.co.jp/
印刷・製本―TOPPANクロレ株式会社
装丁者――高橋雅之

幻冬舎時代小説文庫

ISBN978-4-344-43444-8　C0193　し-45-10

この本に関するご意見・ご感想は、下記アンケートフォームからお寄せください。
https://www.gentosha.co.jp/e/